작은 순간들의 운명

작은 순간들의 운명

초판 1쇄 발행 2025년 7월 31일

지은이 이내
펴낸이 황남희
책임편집 손선일, 황부농, 구달
북디자인 스튜디오 티끌
일러스트 김현아

펴낸곳 이후진프레스
출판등록 2018년 1월 9일(제25100-2018-000002호)
이메일 2huzine@gmail.com
인스타그램 @now_afterbooks

ISBN 979-11-91485-21-9 (03810)
값 15,000원

이후진프레스는 독립책방 이후북스의 출판 브랜드입니다.

작은 순간들의 운명

이내 지음

프롤로그

사소하고 충만한 인생 여행

사소한 여행을 다녀왔다. 좋아하는 친구와 기차를 타고 좋아하는 가게에 가서 좋아하는 친구를 만나 좋아하는 음식을 먹고 좋아하는 이야기를 나누다가 다시 좋아하는 기차를 타고 기차 안에서 까무룩 졸다가 일기를 쓴다. 오랜만에 사소한 하루.

"어, 반달이다!"
"아직 조금 모자란데."
"아주 살짝…."
"…."

부산역 계단을 내려오며 친구와 나눈 대화다. 반달이 조금 모자란 만큼이나 사소한 대화였지만 왠지 적어 두고 싶었다. 나는 사소한 노래를 부른다. 혼자 있었더니 좀 심심해서 '일단은 어쨌든 조만간에' 밖에 나가 봐야겠다는, 북적이는 사람들 사이에서 신나고 정신이 없으니 내가 없어지는 느낌이라 '일단은 어쨌든 조만간에' 혼자 산에나 가야겠다는 사소한 이야기가 나의 첫 노래였다. 사랑 노래는 좀처럼 만들지 않으니 유행가는 영영 쓰지 못할지도 모르겠다. 사랑에 빠져 눈이 멀어 버렸을 때, 이별에 정신 못 차릴 때는 사랑 노래를 만들지 않을 방법이 없지만.

기억력도 나쁘고 미래에 대한 불안감도 남들보다는 낮은 편이라 비교적 현재에 집중하며 산다. 지금 나를 찾아왔다가 어디론가 흘러가 버리는 감정이든 생각이든 붙잡아 노래를 만든다. 노래를 부르기 가장 좋은 장소는 10명 정도가 모인 책방이나 도서관이다. 그 순간만이라도 일일이 목소리를 듣고 얼굴을 외울 수 있는 규모다. 객석과 떨어진 무대보다는 둥글게 모여 앉을 수 있는 장소를, 내 목소리만 울리기보다는 모두의 이야기가 만나는 걸 선호한다. 일본에서 온 친구가 내 노래를 "목욕탕 같은 노래"라고 표현해 준 적이 있다. 여기에 가깝고, 편하고, 따뜻하다는 형용사를 보태 SNS 프로필에 적어 두었다. 최근에 자주 쓰는 자기 소개 문구는 '동네 가수'다. 정확하게 말하자면 '동네 규모의 가수'라는 뜻이지만.

언제부터인가 사소한 글도 쓴다. 일기와 편지를 써서 노래를 만들다 시골 카페, 소도시의 바느질 공방, 비수도권 지역의 꽃집, 바닷가 옆 중학교, 작은 섬의 책방, 마을 사람들이 손수 만든 도서관 등에 동네 가수로 찾아가 여행 겸 공연을 하는 이야기를 썼고, 그게 책이 되었다. 작가라는 호칭은 내내 부끄럽지만, 누구에게나 있는 사소한 이야기를 솔직하게 글로 쓰면 좋은 글이 된다는 믿음이 있다. 친구네 시어머니가 동네 도서관의 글쓰기 모임에서 직접 쓴 글을 읽고 나서 확실히 알았다. 어떤 글에 내 마음이 일렁이고 내가 감탄하는지. 누가 읽어도 감탄할 만한 잘 쓴 글, 세상을 바꿀 만한 의미를 가진 글도 세상에 꼭 필요하지만, 내가 쓰고 싶고 또 만나고 싶은 글은 자기 삶의 사소한 이야기를 솔직하게 자기 목소리로 말하는 글이다.

사소한 노래를 부르고, 사소한 글을 써야지. 오래오래.

"오늘은 반달이다!"
"조금 더 찬 것 같은데…."
"아, 그러네."
"…."

얼마 전 덜 차오른 반달 이야기를 했던 친구와 이번에는 조금 더 차오른 반달을 보며 함께 걸었다. 언제나 조금 모자라거나 지나치기만 하잖아! 마치 인생처럼…. 쉼 없이 차고 기우는 달을 매일같이 보다 보면 그것은 모자라거나 지나친 게 아니라 그저 달의 시간임을 알게 된다. 모자라거나 넘치는 순간이 모두 있는 그대로의 삶이라는 것도.

언젠가 공연을 마치고 돌아오는 기차 안에서 한 관객으로부터 낮에 뜬 반달 사진 한 장과 함께 다정한 메시지를 받았다. "이내의 하루에 조그만 낮달이 스미길…." 마침 나도 기차 안에서 낮달 사진을 찍었던 터라 반가워하며 사진을 보냈더니 이런 대답이 돌아왔다. "반달과 반달을 보았으니 합치면 온달!" 낮에 뜬 창밖의 달을 한참 바라보며 웃었다. 모자라고 넘치는 존재들이 서로 만나 힘을 합치는 아름다운 순간을 기다린다.

엄마는 달을 좋아한다. 내게 전화를 걸어 종종 오늘 달을 봤냐고 묻는다. 수화기 너머 미소가 보인다. 나는 엄마에게 튼튼한 두 다리와 걸음을 사랑하는 태도, 무엇보다 '관심을 기울이는 마음'을 물려받았다. 엄마와 길을 걸을 때마다 듣는 말이 있다. "이내야, 저거 봐라." 엄마의 눈이 가리키는 곳을 따라가면 바위틈으로 나온 들꽃도 보이고 나무둥치를 비집고 나온 어린잎도 보인다. 얼마 전 새로 만든 노래에 엄마의 이야기를 넣어 보았다.

작가의 탄생　　　이내 작사·작곡

새 화분 들였을 때 엄마 말하길
"잘 지켜보기만 하면 된단다"

내가 나를,
니가 너를,
내가 너를,
니가 나를,
서로가 서로를 잘 지켜봐 주어
작가가 태어나게 됩니다!

글을 쓰기 시작하면서 '관심'에 관심이 커졌다. 엄마만큼 관심을 기울이는 사람이 되는 건 쉽지 않았다. 시간이 걸리는 일이었고 훈련이 필요했다. 첫 책을 내고 나서 글쓰기 워크숍을 진행할 기회가 종종 생겼다. 나에게 부족한 점을 연습할 수 있는 이런지런 방법을 만들어 시도해 보았다. 산책길에 시각, 청각, 후각, 촉각, 미각에 하나씩 집중해서 걸으며 새롭게 발견한 무엇인가를 매일 기록한다. 걷고, 발견하고, 기록하기. 이 세 가지는 서로 영향을 주고받으며 글쓰기에 도움을 주고, 일상을 더욱 풍성하게 만들어 준다. 관심을 가지니까, 관심이 늘어난다. 똑같은 일상에서 매일 새로운 걸 발견하게 된다.

'관심'이나 '발견'이 삶에서 부차적이라고 말하는 사람들이 세상에는 더 많다. 먹고사는 문제에 전혀 도움이 되지 않기 때문이다. 나에게 관심이라는 유산을 물려준 엄마마저도 실은 그렇게 생각한다. 굳이 느린 방법으로 걷기를 선택하고 작은 것들에 관심을 기울이는 일은 누군가에게는 비효율적이거나 쓸모없다고 느낄지도 모른다. 나는 세상의 속도를 쫓아갈 수 없었다. 경쟁의 긴장을 견딜 수 없었다. 어쩌면 이제껏 선택한 길은 멀리 돌아가는 길이었고, 도망쳐 온 길이기도 했다. 줄곧 나를 도망자라고 여기며 살아왔지만, 어느 순간 돌아보니 도망의 궤적마저도 나의 특성이 되어 고유하게 남았다. 나는 골목을 느리게 걸으며 작은 새로움을 공책에 적어 두는 사람이 되었다.

이 책에는 운명이 된 두 번의 여행을 담았다. 첫 여행은 2022년 가을, 후쿠오카, 오노미치를 기차 타고 돌아다니던 일주일. 홀로 떠났지만 결코 혼자가 될 수 없던, 수많은 만남의 기록이다. 두 번째 여행은 2023년 여름, 아리타와 오노미치를 다시 찾은 열흘이다. 이번에는 일본인 친구와 함께였고, 처음으로 일본에서 라이브 공연을 했다.

어쩔 수 없는 게 있다. 아니, 어쩌면 세상에는 어쩔 수 없는 것밖에 없다. 어떤 사람은 능력과 재능을 타고나서 더 많은 자원을 빨리 획득하고 운용하는가 하면, 내내 뒤처지는

사람도 있다. 부딪치면서 자신을 만들어 가는 사람이 있는
가 하면 작은 자극에도 무너져 버리는 사람이 있다. 어쩔 수
없는 상황에서 극복보다는 회피를 선택한 약함 역시 내 모
습이었다. 있는 그대로를 인정하고 나면 자신만의 새로운
방법을 찾을 기회가 생긴다.

물리적인 확장은 여전히 실패하고 있다. 남편도 자녀도
없는 40대 미혼 여성으로 부동산도 주식도 차도 없다. 4대
보험은 물론 안정이 보장된 직업도 없다. 다만 나에게는 매
일 걸을 수 있는 두 다리와 계절의 변화를 발견할 수 있는
두 눈이 (아직은) 있다. 무딘 감각을 벼리면서 나 자신과 세계
를 확장하고 싶은 소망이 있다. 그리고 무엇보다 나날이 자
라는 '관심'이 있다. 무관심이 사랑의 반대말이라고 했던가.
그렇다면 내 삶에는 관심이라는 사랑이 있는 것이나. 관심으
로 시선이 닿고, 기록으로 기억이 더욱 선명해지며, 삶의 의
미가 더욱 두터워진다는 믿음이 있다.

그리고 달에게 빌어 보는 간절한 마음이 있다. 누구나 저
마다의 삶을 피워 내기를. 그 다양성은 혼란이 아닌 다채로
움이기를, 축제가 되기를. 어딘가 먼 곳으로 빠르게 움직이
지 않고도 오늘 하루가 충만하기를. 지금 여기에서.

1부

오노미치로 가는 길

오래 걸었던
길 끝에는

어느 나라에나 골목이 있다. 한 사람의 크기를 생각해 보면 그것은 당연하다. 집에서 바깥과 차단된 채 안전을 누리던 사람이 밖으로 나서면, 몸이 빠져나갈 수 있을 만큼의 공간(길)을 찾기 마련이다. 모여 사는 사람들 사이의 거리(距離)가 골목을 만든다. 너무 멀지도 가깝지도 않은 적당한 거리만큼 골목이 생겼을 것이다. 건물 밖으로 나가기 위해 주차장에서 자동차 바퀴를 굴려 미끄러져 나가는 방법은 역사적으로 그리 오래되지도 않았고, 다수가 이용하지도 않는다. 전 세계 인구 대비 자동차 보유율은 20%를 넘지 않는다. 그러니 전에도, 지금도, 여전히 사람이 사는 곳에는 골목이 있다.

어느 나라에 가든지 골목을 걷는다. 다른 여행 방법은 전혀 모른다는 듯이 걷기만 한다. 내가 걸어 다닐 수 있는 규모에서는 낯선 나라에서도 위화감을 느끼지 않는다. 게다가 똑같은 골목은 하나도 없어서 언제나 신선하고 다채로운 여행지를 만난다. 20대 시절에는 아주 먼 곳의 생경한 골목이 발길을 끌었다. 걷다 보면 에펠탑에 도착하는 골목, 템스강을 따라 길게 흐르는 골목, 사막에 가까운 바싹 마른 흙색 골목, 건축가 가우디가 만든 골목, 순례자가 걸었던 땅끝으로 이어지는 골목, 자전거를 타는 사람이 걷는 사람보다 많은 골목을 걸었다. 문과 창문, 바닥 장식, 도로 표지판, 갑자기 어딘가에서 튀어나오는 사람들의 얼굴과 눈동자 색깔도 모두 다른 매우 낯선 골목들이었다.

최근에는 문화적으로 비슷하면서 조금씩 디테일이 다른 골목에 매력을 느꼈다. 이 작은 한국 안에서도 지역마다 조금씩 다른 문화의 흔적을 발견한다. 멈추어 한참을 본다. 어릴 때부터 동아시아라고 부르는 지역이 궁금했다. 홍콩과 대만, 일본의 영화 속 세상을 직접 경험하고 싶었다. 어릴 적에 열광했던 영화 속 이미지를 오래 그리워하다 직접 가 보기 시작한 건 2018년부터 2년간, 코로나19 유행 직전이었다. 대만과 일본에서 취향에 딱 맞는 골목을 찾았다고 기뻐하며 앞으로는 3개월마다 일본과 대만을 오가는 생활을 할 거라고 떠벌리고 다녔으나 팬데믹으로 계획은 물거품이 되었다. 사람은 원하는 대로 살 수 없다는 엄마의 입버릇을 조금 이해했다.

친구의 휴가에 끼어서 타이베이에 처음으로 가 보았고, 도착하자마자 사랑에 빠졌다. 우리와 비슷하고도 다른 사람들이 우리와 비슷하고도 다른 문화를 오래오래 꾸리고 살아온 흔적을 보는 게 즐거웠다. 여름에 비가 자주 내리는 아열대 기후답게 웬만한 상점가 건물의 저층부가 보도 위를 가리도록 설계되어 있었는데, 비와 해를 피하며 걸을 수 있다는 것부터 마음에 쏙 들었다. 오래된 건물과 비좁은 골목의 조합은 걷는 맛을 한층 돋우었다. 모든 틈 사이로 돋아난 초록 풀들이 가는 곳마다 손을 흔들며 나를 환영했다. 친구와 밤에 공원을 걸으며 감동했다. 공원 조명을 식물이 휴식할 수 있게 바닥에 낮은 조도로 설치했기 때문이다. 작은 존재를 배려하는 마음을 만나면 걸을 맛뿐만 아니라 살맛이 난다.

대만을 여행 중이라고 하니 여행책방 디어디어북샵 (Deardeer Bookshop)에 가 보라고 추천을 받았다. 구글 지도에 목적지를 입력하고 제멋대로 먼 길로 돌아 걸었다. 조용한 주택가도, 화려한 빌딩도, 하굣길 꼬마 아이들의 와글와글 목소리도, 전통시장 골목도, 가구거리도, 어딜 가나 푸르른 나무들과 화초들도 지나고, 뭐든 지나고 또 지나 조그만 책방에 도착했다. 목적지를 정하는 건 잘 못하지만, 비슷한 종족을 찾는 촉은 좋다고 자부한다. 책방을 지키고 있던 루루와 이바를 보자마자 같은 종족임을 알았다.

책방 2층에서는 무료 숙박 네트워킹 플랫폼 카우치서핑을 통해 여행자가 묵어갈 수 있었다. 책방의 자랑이라며 방명록을 보여 주었는데 전 세계에서 온 여행자들의 시간과 애정이 담뿍 담겨 있었다. 숙박비는 무료인 대신 자기소개나 자기 나라를 소개하는 작은 이벤트를 열어야 했다. 떠나지 않고도 여행을 하게 만드는 근사한 방법이었다. 책방에 커다란 캐리어 두 개를 두고 필요한 사람들이 가져다 쓰도록 한 공유 시스템도 멋진 아이디어였다.

루루와 이바 두 사람은 대만 남부의 타이난 출신으로 학창 시절부터 삼십 년 넘게 이어져 온 오랜 친구 사이다. 타이베이에서 함께 살며 여행책방도 함께 만들었다. 마침 당시 읽은 김하나·황선우 작가의 《여자 둘이 살고 있습니다》를 떠올리게 하는 두 사람이었다(나중에 그 책이 대만에 번역되어서 재밌게

 무작정 찾아온 여행자에게 야시장에 함께 가자고 가볍게 권하는 경계 없는 태도가 마음을 말랑말랑하게 만들었다. 루루와 이바, 나와 내 친구 그리고 책방에서 카우치서핑 중이던 엘살바도르 여행자. 이렇게 다섯 사람은 야시장에서 맛있는 대만 음식과 듬성듬성한 영어로 나누는 수다를 즐겼고, 다음 날에는 현지식으로 아침에 만두를 먹고 나지막한 산에 있는 절에도 다녀왔다. 나의 첫 대만 여행은 선량하고 재치 있는 현지 친구들과 함께하며 예정에 없던 다정한 시간으로 남았다.

경계 없이 사람을 대하는 사람이 언제나 부러웠다. 루루와 이바는 새로운 사람을 받아들이는 마음의 역량이 매우 넉넉했다. 아마도 그동안 세계 각지에서 온 수많은 여행자를 만나고 궁금해하고 이야기를 들었기 때문일 거다. 루루와 이바 같은 사람들을 만나면 나도 모르게 경계를 스르르 풀게 된다. 할 수 있는 최선을 다해 처음 만난 여행자의 여행을 풍성하게 만들어 주고 싶어 하는 두 사람이 고맙고 좋았다. 나는 은혜를 베푼 사람에게 직접 갚기보다는 다른 사람에게 갚아서 돌고 돌아 큰 원이 그려지는 부채 관계를 선호한다. 그런데 선뜻 입에서 이런 말이 튀어나왔다. "우리 집에 놀러 와! 내가 고마움을 갚을 수 있게."

‘디어디어 투어’를 경험한 후 부산에는 ‘이내 투어’가 있으니 꼭 이용해 달라고 말하고 돌아온 바로 다음 달, 루루와 이바가 부산에 왔다. 내가 제일 좋아하는 우리 동네 공원 길을 걷고, 가까운 섬을 걸어 바닷가 앞 책방에도 갔다. 단골 미용실에 셋이 나란히 앉아 새로 한 머리가 잘 어울린다고 손뼉을 쳤고, 한류드라마에서 보고 꼭 해 보고 싶었다는 치맥 배달 체험도 했다. 좁은 골목 걷기를 좋아하는 친구들에게 내가 데려갈 골목은 한없이 많았고, 2박 3일은 턱없이 짧았다. 꼭 다시 오기로 하고 돌아간 두 사람이 얼마 후 보내온 크리스마스카드에는 이런 말이 있었다. “너는 이제 타이베이에 집이 있는 사람이야. 언제든지 놀러 와!” 은혜의 원은 서로 주고받아도 커지는 것이었나 보다.

이듬해에 다시 타이베이를 찾았을 때, 둘은 나에게 보여 주고 경험하게 해주고 싶은 계획을 잔뜩 준비해 두고 있었다. 나는 그저 골목을 어슬렁거리는 여행이면 충분한 사람이라서 조금 귀찮은 마음을 누르고 따라다녔다. 백종원이 다녀간 식당에 꼭 가 봐야 한다는 고집은 좀 웃기고 귀여웠다. 단수이라는 유명한 관광지에서 꼭 자전거를 타야 한다고 말했을 때는 거절할까 심각하게 고민했다. 공유 자전거를 빌려 강가로 향할 때만 해도 여전히, 마음이 별로 내키지 않았다. 마침내 도착한 강변의 풍성한 수풀 사이에는 자전거가 다닐 수 있는 좁은 흙길이 이어져 있었다. 지는 해를 곁에 두고 강물과 나란히 달리다가 생각지도 못한 말이 입 밖으로 튀어나왔다. "아, 행복하다!" 청량한 바람과 누운 햇빛과 다정한 친구와 함께하는 시간을 가르며 자전거가 씽씽 달렸다. 내 얼굴에 웃음이 꽃처럼 활짝 피어났다.

그 후로 몇 년이 흘렀다. 우리는 가끔 안부를 물으며 함께 걷던 골목을 추억하고 다음에 만날 미래의 골목을 상상한다. 오래 걸었던 길 끝에는 친구가 있었다. 첫 만남이 어색해도, 언어가 완벽히 통하지 않아도 전혀 상관이 없다. 시간의 흔적이 남은 골목이 좋아서 목을 쭉 빼고 같이 걸을 수 있다면, 같이 걷는 사람의 보폭을 헤아리는 배려를 한다면, 자신이 발견한 작고 소중한 것을 나누고 싶어 가슴이 뛴다면, 계속해서 새로운 골목을 찾아 나서는 반짝이는 관심을 가진다면, 지구 반대편에 있어도 우린 친구다. 지구는 둥그니까 앞으로 앞으로 자꾸 걸어 나가면 온 세상 같은 종족 친구들을 다 만나고 오겠지.

비밀과 우정을
가득 담은 이야기

글을 쓰러 집 근처 카페에 왔다. 파란색 정사각형 테이블, 약간 푹신한 갈색 인조가죽 의자가 내 자리다. 눈앞에는 벽 하나를 가득 채운 커다란 유리창이 있다. 그 너머로 보이는 장면이 바다라면 참 좋겠지만, 몇 년 전 지어진 못생긴 아파트가 눈에 들어와 아쉽다.

카페 앞에 놓인 길은 산 한복판에 생긴 도로라서 '산복도로'라 불린다. 차가 많이 다니지 않는 2차선 도로의 가로수는 대부분 벚나무다. 언제부터인가 봄의 벚꽃보다 가을의 벚나무 낙엽이 눈에 들어왔다. 낙엽을 대표하는 빨강, 노랑, 갈색의 빛깔을 동시에 품고 있어 가을을 더욱 '가을'로 만들어 준다. 무심코 바라본 커다란 창밖으로 벚나무 낙엽이 하나, 둘, 그리고 셋, 약간의 시간차를 두고 아래로 떨어졌다. 너무나도 가벼운 움직임이다. 화려했던 연분홍 꽃과 무성했던 잎의 푸르른 기억에 아무 미련도 없다는 듯이. 짧은 일본 여행에서 돌아와 일주일 정도의 시간이 지나고 가만히 돌아보는 여행의 순간들은, 가을에 떠올리는 봄꽃처럼 아득하다.

아빠가 몇 년 전부터 쌀농사를 짓게 되면서 알게 된 게 하나 있다. 벼꽃은 일 년 중 어느 하루, 단 두 시간 피었다 진다는 사실이다. 벼꽃을 보았다는 사람을 만나기가 쉽지 않은 이유다. 작고 하얀 벼꽃을 눈으로 본 적은 없지만, 얼마 전 아빠의 햅쌀이 집에 도착했다. 뚝배기에 밥을 지어 맛있게 먹었다. 김과 장아찌는 조연일 뿐 주인공은 한 해의 날씨와 땀을 가득 품은 하얀 쌀밥 한 공기다.

벼꽃같이 짧았던 여행을 기록하기로 한 내 모험의 동력은 무엇이었을까. 영영 다시 볼 수 없을지도 모르는 여행자를 환대해 주고, 이야기를 들려주고 들어주고, 떠나는 뒷모습에 손을 흔들어 준 사람들이 모두 활짝 핀 꽃들 같았다. 그 순간만으로도 충분했지만, 나는 조그만 볍씨를 수확하고 싶어졌다. 지지와 비밀과 우정이 가득 담긴 이야기가 계속해서 이어지기를 바라는 마음으로 우선 글이라는 통로를 선택

했다. 그리고 또 다음 꽃이 피어나는 순간이 오기를.

　새로운 곳에 가는 걸 좋아하면서도 스스로는 여행 계획을 잘 세우지 않는 편이다. 제법 여행을 많이 다녔는데, 대부분 친구의 계획을 따르거나 친구가 있는 곳에 찾아가는 식이었다. 팬데믹 이후 일본 여행이 가능해질 거라는 소식에 무심코 비행기 티켓을 검색해 보았고, 가격이 급속도로 상승할 기미가 보이길래 앞뒤 재지 않고 떨리는 손으로 후쿠오카행 항공권 결제를 진행했다. 지금 돌아보면 그 순간의 무모했던 내가 대견해서 엉덩이를 두드려 주고 싶다.

　가장 싫은 건 숙소 예약이다. 온라인 예약 문화가 정착되지 않았던 20여 년 전에 즉흥적으로 현지 숙소를 정하던 버릇이 아직도 남아 있는 모양이다. 내가 선택하는 것보다 세상이 주는 선택지가 언제나 더 근사했다. 앱 하나로 척척 잘도 예약하는 사람들이 늘 신기했는데 이번 여행에서 처음으로 실감했다. 세상은 정말로 편리해졌다! 여정의 모든 숙소를 에어비앤비 앱으로 예약하고 결제하기까지 그리 오랜 시간이 걸리지 않았다. 여전히 촉을 활용해 발견하는 것들을 더 사랑하지만, 스마트폰 화면 속에서도 어느 정도는 감지할 수 있었다. 앱으로 예약한 모든 숙소가 완벽했으니까.

　이번 일본 여행의 코스는 '우연한 만남'으로 정해졌다.

내가 사는 부산에는 한 달에 한 번, 극장에서 만나기 힘든 영화를 골라 공동체 상영을 하는 초록영화제가 열린다. 기획단 멤버가 돌아가면서 영화와 상영 장소를 섭외한다. 어느 날 당시 영화제를 맡은 친구와 술자리를 함께하게 되었는데 모객이 어렵다는 푸념을 했다. 그 친구를 위해 참석한 영화제에서 인천의 도시재생을 다룬 다큐멘터리 영화 〈아주 오래된 미래도시〉(조은성, 2021)를 보았다. 인천 중구 원도심의 근대 건축물을 무분별한 재개발이 아닌 도시재생으로 바꾸려는 사람들이 주인공이었는데, 내가 메모장에 적은 건 엉뚱하게도 영화에서 해외 도시재생 사례로 등장한 일본의 오노미치 마을이었다.

일본어 회화 수업 선생님 마모루 씨에게 영화에서 본 마을이 어디쯤인지 물어보았다. 외국인을 대상으로 일본 여행 가이드를 하는 마모루 선생님은 "이내 씨는 부산에 사니까 후쿠오카에서 신칸센을 타고 가면 되겠네요"라고 경로를 알려 주었다. 그의 조언을 따라 열차를 알아보니 후쿠오카에서 오노미치 마을까지 가는 모든 여정에 사용 가능한 외국인 전용 레일패스가 있었다.

5일 동안 신칸센을 포함한 그 지역 모든 열차를 무제한으로 이용할 수 있다니! 온 세상이 나의 이번 여행을 환영해 주고 있다고 느낄 정도로 일사천리였다. 팬데믹 기간에 배운 일본어를 써 보기 위해 일본에 가고 싶다는 내 바람이 그 정도로 깊고 강했던 것일지도. 저렴한 왕복 항공권, 7일 동안 묵을 숙소, 레일패스까지 완벽히 준비를 마친 게 여행을 떠나기 한 달 전이었다. 여행의 모든 준비를 혼자서 한 건 생애 처음 해본 일이었다. 조금은 성장한 것 같아 뿌듯한 마음마저 들었다.

여행을 떠올리는 것만으로도 벅차고 소중했다. 바쁘고 피곤한 일정 중에도 여행을 생각하면 저절로 얼굴이 환해졌다. 누구를 만나든지 일본 여행 간다고, 묻지도 않은 사람들에게 떠벌리고 다녔다. 틈만 나면 다이어리를 펴고 이번 여행에서 하고 싶은 것들을 끄적였다. 어딜 가고 싶다거나, 무얼 보거나 먹고 싶다는 내용은 많지 않았다. 마음의 소리를 따라 적어 내려가다 보면 다양한 골목을 걷고 많은 우연을 만들고 싶다는 소망에 닿았다. 물론 가장 이루고 싶은 건 최대한 일본어를 많이 써 보는 것이었고. 언젠가 일본에서 라이브 공연을 하는 장면도 상상해 보았다. 마음의 지도를 분명하게 그려 두면 그 길로 자연스럽게 들어서게 된다고 믿으며.

나는 일부러 보려고 하지 않으면 시각 정보가 눈에 잘

들어오지 않는다. 어릴 때부터 쭉 그랬다. 이런 둔감한 눈을 활성화하는 데 도움이 되는 건 단연코 여행이다. 무딘 눈에 관심을 장착하고 두리번거리기 시작한 건 김해공항에 갔을 때부터였다. 떠나고 돌아오는 사람들이 가득한 공항에는 햇살이 가득했다. 주위를 가리는 높은 건물이 없어서 빛이 더 곧고 당당하게 뻗는 게 아닐까 생각했다. 시각은 빛에서 비롯되는 감각이다. 두려움이나 걱정이 마음에 담을 쌓지 않도록 살피면서 작은 빛이라도 놓치지 않아야지, 그런 생각을 하며 바다를 건너는 비행기에 올랐다.

부산에서 후쿠오카까지의 비행시간이 너무 짧아서(하늘에서 20분) 깜짝 놀랐다. 제주나 서울에 갈 때보다도 짧았다. 후쿠오카공항 정보가 하나도 없었는데 탑승 직전에 우연히 본 유튜브 영상에서 국제선에서 국내선까지 운행하는 무료 셔틀버스가 있다는 걸 발견하고 그대로 따라 움직였다. 후쿠오카를 주로 소개하는 유튜버가 공항에 대해 설명하며 자문자답을 했다.

"후쿠오카의 가장 좋은 점은? 정답은 라멘도 포장마차도 아니고…, 공항에서 시내가 가깝다는 점!"

구글 지도로 검색해 보니 공항에서 숙소까지 걸어도 55분이었다. 몇 년 전에 사 둔 간사이 지역 교통카드 이코

카를 챙겨 갔는데, 그 사이에 전국에서 사용할 수 있게 되었다. 공항에서 현금을 조금 충전해서 하카타와 텐진 중간쯤 있는 첫 번째 숙소로 가는 공항선 지하철을 탔다. 퇴근 시간의 지하철에서 일본 직장인들을 구경하고 온갖 광고판 속 글자를 더듬더듬 읽느라 눈이 바빴다.

숙소와 가장 가까운 기온역에 내려 10분쯤 걷는데 커다란 절과 주택가를 지나야 했다. 밤의 네온사인이 화려하지 않은 점이 마음에 들었다. 후쿠오카는 부산이랑 느낌이 비슷한 것 같다. 대도시이면서도 인구는 많지 않고 관광지의 편리함을 갖추고 있다. 가장 큰 차이는 거리와 집들이 깨끗하게 정돈되어 있다는 점. 절과 신사가 많이 보여서 '여기가 일본이구나!' 싶었다.

이틀을 묵기로 한 게스트하우스 하이브(Hive)는 오래된 일본식 2층 목조 건물을 개조한 곳이었다. 1층의 공용 공간은 아기자기하고 편안한 카페 겸 바로 꾸며 두었다. 평일인데도 거의 만실일 정도로 다양한 사람이 북적였다. 몇 개월씩 머물면서 일하는 스태프의 수가 많아 신기했는데, 스태프가 숙박객과 어울려 자유롭고 화기애애한 분위기를 만드는 역할도 하는 듯했다. 체크인은 본격적으로 일본어를 써 보는 첫 번째 관문이었다. 입을 떼는 순간에는 조금 버벅거렸지만 소통에는 아무 문제가 없었다.

배가 고파서 스태프에게 근처 식당을 추천해 달라고 부탁했더니 어떤 걸 좋아하냐고 묻기에 "밥!"이라고 대답했다. 가 본 적은 없지만 문 앞에 '쌀이 맛있는 집'이라고 써 붙인 술집이 있다며 에어드롭으로 주소를 보내 준다. 주소를 에어드롭으로 보낼 수 있다는 걸 이번 여행에서 처음 알았는데, 굉장히 유용한 기능이라 이후에도 곧잘 사용했다. 일본 한자는 읽는 방법이 워낙 다양해 영어나 구글 번역만으로는 찾을 수 없는 장소들이 많다. 추천받은 아카리라는 이자카야도 한자 이름만 등록된 모양인지 검색으로 찾을 수 없었다.

숙소에 짐을 풀고 곧바로 저녁을 먹으러 나왔다. 혼자 술집에 들어가기에는 장벽이 좀 있었다. 술을 자주 즐기는 편이 아니라 한국에서도 혼자 술집에 들어가는 일은 거의 없다. 조금 긴장하며 문을 열었는데 월요일 저녁이라 한산했다. 카운터 자리에 앉아서 점원에게 나는 한국에서 왔고 메뉴를 읽을 수 없으니 설명을 좀 해 달라고 조심스럽게 부탁했다. 오니기리(삼각주먹밥)와 오차즈케(녹차에 밥을 말아 먹는 음식) 종류부터 자세하게 알려 주었다. 일본에는 술을 마시고 해장으로 밥이나 라멘을 먹는 '시메(締め, 마무리)' 문화가 있다. 하지만 나는 저녁밥이 간절해서 메뉴판 끝에 있는 오니기리 하

나와 오차즈케 중간 크기를 먼저 주문해 버렸다. 순서가 뒤바뀐 셈이다. 여행 전부터 배탈 기운이 있어서 좀 가벼운 메뉴로 보이는 아게다시도후(튀긴 연두부에 뜨거운 다시 간장 소스를 끼얹은 요리)를 생맥주 안주로 골랐다.

배를 든든히 채우면서 가게에 틀어 둔 방송을 힐끔거리다가 점원에게 말을 걸었다. 점원은 코로나19 유행 전에는 부산에 미용 여행을 자주 갔었다며 사진을 보여 줬다. 감천문화마을, 해동용궁사, 광안대교, 자갈치시장, 그리고 신창토스트가 보였다. 너무나도 익숙한 장소들이다. 나는 친구들이 부산에 놀러 오면 국제시장 골목에 있는 신창토스트에 데려가곤 한다. 하얀 요리사 복장에 주방장 모자를 빳빳하게 세워 쓴 할아버지가 정성껏 토스트를 구워 주는 작은 가게다. 이후로도 부산에 와 본 적 있는 일본인을 몇몇 만났는데 모두의 사진첩에 반드시 신창토스트가 있어 신기하고 반가웠다.

점원과 대화를 나누고 있으니 가게 사장이자 요리사도 수줍게 끼어들었다. 부산에 친한 가족이 있어서 자주 갔었는데 지난 3년은 코로나19 때문에, 지금은 경기침체로 갈 수 없다며 아쉬워했다. 상호명 아카리가 무슨 뜻이냐고 물어보았더니 4년 전 돌아가신 어머니가 지어 준 이름으로, '신에게 올리는 등불(燈明)'이라는 의미라고 한다. 사업을 시작한 후 어머니를 갑자기 여의고 곧이어 코로나19가 확산한 지난 몇 년이 꽤 고생스러웠던 모양이다. 수줍은 목소리에 쓸쓸함이 조금 묻어 나왔다.

가게에서 대화를 나눈 모두가 문밖까지 배웅을 나와 나의 남은 여정을 응원해 주었다. 일본어 공부를 시작할 때 외워야 할 인사말의 수를 보면서 인사를 소중하게 여기는 그들의 문화를 짐작할 수 있었다. 처음 만난 사이, 잠깐 만난 사이라도 만나고 헤어질 때 정성껏 인사를 전한다. 홀로 낯선 곳을 다니는 여행자에게 보내 준 정성 어린 인사들 덕분에 외롭지 않은 시간을 보낼 수 있었다. 여행 중 혹시 외로울 때 들으라고 친구가 카톡으로 음악을 보내 주었는데, 가져간 이어폰은 여행 내내 트렁크 가장 구석진 자리에서 나올 기회를 찾지 못했다.

언제나
환대가 있는 곳

나는 낯선 곳에서 누군가의 생활이 한껏 묻어나는 골목을 충분히 걷고, 그 위에서 다채로운 사람들의 이야기를 가득 듣기 원하는 여행자다. 특히 낮의 소란이 가라앉은 고즈넉한 밤 산책을 좋아한다. 후쿠오카 숙소 주변 동네 골목은 적당히 밝고 적당히 어두워서 밤에 걷기 딱이었다.

낡은 건물의 소바 정식 가게에 관심이 가서 일기장에 '내일 꼭 가 보겠다'고 적어 두었는데, 딱 내가 여행하는 기간을 포함해 휴가 중이었다. 전부터 가 보고 싶었던 독립서점 북스큐브릭(Books Kubrick)도 정기 휴일이었다. 이번 여행 내내 계획 따위는 절대 세우지 말라는 듯이 이런 일이 반복되었다.

추천받은 히로시마 식당도, 밤에만 여는 오노미치의 헌책방 20데시벨(弐拾dB)도 내가 가려고만 하면 죄다 휴일이었다.

하지만 전혀 실망할 필요가 없다. 우연은 걷다 보면 어디서든 주울 수 있다. 후쿠오카 비건 식당을 검색해 보니 소누소누(Sonusonu)라는 가게가 있다. 아침 8시부터 영업을 시작하고, 숙소에서 걸으면 20분쯤 걸린다고 나오길래 소누소누에 가기 전 아침 산책을 나섰다.

어제는 퇴근길 사람들, 오늘은 출근길 사람들과 마주친다. 사회의 바퀴를 열심히 굴리는 사람들을 보며 속으로 응원과 감사 인사를 건넨다. 후쿠오카에는 도시를 가로지르는 강과 천이 있어서 걸을 맛이 났다. 사람 사는 곳에는 쉼표가 되는 물길이 꼭 있어야 한다. 천변을 걸으며 아침부터 분주하게 날아다니는 까맣거나 하얀 새들을 잔뜩 만났다. 걔네가 먹다 남긴 홍시가 여기저기 바닥을 뒹굴고 있는 게 귀여웠다.

소누소누에 도착해서 보니, 인기척은 있는데 아직 오픈한 느낌은 아니었다. '어라, 지도에 나온 정보와 다른가?' 고개를 갸우뚱하며 낯선 동네 산책을 조금 더 해 보기로 했다. 배가 고파서 일단 눈에 보이는 카페에 들어가 토스트와 커피를 시켰다. 출근 전 잠깐 들러 아침을 먹는 정장 입은 손님들이 많다. 성실한 사람들의 일원이 된 것 같아 기분이 좋았다. 9시가 가까워지니 하나둘 자리를 떠나 나만 남았지만.

아침은 간단히 해결했으니 비건 식당은 점심때 가기로 하고, 레일패스 예약권을 표로 교환하러 하카타역에 갔다. 역에 하루 일찍 가는 게 좋을 거라는 일본어 선생님의 조언을 따르길 잘했다. 일본의 기차역 티켓 창구에는 언제나 긴 줄이 있어 오랜 시간 기다려야 한다. 한참 동안 기다려 표를 받고 다시 하카타, 나카스, 텐진 사이를 발길 닿는 대로 걸어 다녔다.

절과 신사가 정말 많았는데 규모와 스타일이 각양각색이다. 호텔처럼 모던한 곳부터 궁궐처럼 전통적이고 화려한 곳까지 눈요깃거리가 충분하다. 뭐니 뭐니 해도 제일 재미있는 건 사람 구경이다. 다리 밑에서 배를 타고 강을 청소하는 노동자들, 화단에 궁둥이를 붙이고 앉아 이끼 같은 식물을 꼼꼼하게 정리하는 할아버지, 누가 봐도 관광객, 잔뜩 멋 부린 힙스터들, 거리에서 비질하는 스님까지, 비비안 고닉의 책 《아무도 지켜보지 않지만 모두가 공연을 한다》를 떠올리게 만드는 풍경이다. 누군가의 눈에는 무작정 도시를 걷는 내가 외로운 방랑자로 보이려나.

점심을 먹으러 다시 소누소누에 갔다. 손님은 없었지만

입간판이 밖에 나와 있길래 용기 내서 들어가 보았다.

각 테이블에 주문 페이지로 연결되는 QR코드가 있는 세련된 곳이다. 말 걸 틈이 없네, 아쉬워하며 비건 피자 한 조각과 오렌지 주스를 주문했다. 눈앞에 오렌지 주스를 만드는 기계가 보였다. 점원은 원하면 직접 만들어 먹을 수 있다며 오렌지 몇 개를 내 손에 쥐여 주었다. 오락실 농구 게임기처럼 위에 있는 구멍에 오렌지를 넣으면 아래로 과즙이 떨어지는 방식이었다. 내가 오렌지를 하나씩 공처럼 넣으니 점원이 옆에 서서 '옳지, 옳지' 느낌으로 응원해 준다. 그 상황이 너무 귀엽고 웃겼다.

마침 손님도 나밖에 없는데 요리가 나오기 전에 셰프에게 말을 걸어볼까. "비건 햄버거를 포장해 가면 언제까지 먹을 수 있나요?"(좋아, 자연스러웠어!)

셰프와 대화가 이어지고, 내가 한국에서 온 여행자라고 하니 자기도 이번 달 말에 서울에 여행 갈 계획이라며 반가워했다. 나는 서울의 비건 식당 몇 곳을 추천해 주었다.

내가 히로시마로 간다고 하니 그는 친형이 거기 살아서 종종 간다며 비건 옵션이 있는 오코노미야키 가게를 추천해 주었다. 비건 피자를 맛있게 먹고 신나게 수다를 떨고 셀카도 찍고 또 만나자고 인사했다. 꼭 원래 알고 있던 친구랑 만나서 가볍게 놀다가 헤어진 것 같은 기분이다.

아침부터 움직였더니 하루가 아직 한참이나 남았다. 오늘의 남은 우연을 찾아 다시 걷기 시작했다.

지금은 어떤지 모르겠는데, 20여 년 전에는 해외여행을 갈 때 '한국적인 선물'을 챙겨 가라는 조언이 유행했다. 인삼껌이라도 챙겨 가는 게 예의라는 분위기였달까. 지인에게 줄 여행 기념품을 사 오는 문화는 더욱 확산된 것 같은데, 우연히 만날지도 모르는 타인을 위해 선물을 준비해 가는 문화는 줄어든 느낌이 든다. 시대를 쫓아가지 못하는 내 여행 가방에는 대상이 정해지지 않은 선물이 들어 있다. 한국적인 기념품은 아니지만, 혹시 모를 소중한 만남을 기념하기 위해 내가 만든 물건을 조금 챙겨 둔다. CD를 들을 수 있는 환경이 아니다 보니 앨범 재고가 없어도 더 만들지 않는데, 그나마 내게 남아 있는 3집 앨범 다섯 장을 이번 여행의 선물로 가방에 챙겨 넣었다. (아직 CD플레이어 쓰는 사람이 있겠지…) 결과적으로 여행자를 환대하는 이들을 많이 만나 앨범이 모자랄 정도였다.

선물을 꺼낼 순간을 찾는 건 어렵기도 하고 자연스럽기도 하다. 두근거리는 마음으로 첫 CD를 꺼낸 곳은 루모북스앤웍스(Lumo Books and Works)라는 헌책방 겸 갤러리였다. 주인도 손님도 없어서 뻘쭘하게 내부를 둘러보니 미스터리, 에로스, 역사, 인디매거진 등 나름의 큐레이션으로 책을 분류해 두었다. 한쪽에는 돌멩이와 조개껍데기로 만든 장식품, 곤충 표본, 작은 박제도 있다. 글자를 잘 못 읽으니 선뜻 책을 고르는 건 무리군, 하고 느낄 무렵 손님 한 명이 책방에 들어왔다.

"아무도 없네요." 자연스럽게 말을 건 후 한국에서 온 여행자라고 나를 소개했더니, 눈을 동그랗게 뜨고 왜 이렇게 일본어를 잘하느냐며 관심을 보였다. 마침 책방 사장님 아이 씨가 안쪽 공간에서 나와 대화가 들리길래 당연히 내가 일행인 줄 알았다며 놀란 눈이 되고…. 아이 씨는 서울의 헌책방에 가 본 적이 있지만 글자를 모르니 전혀 즐겁지 않더라고 장난스럽게 말하는 밝은 분이다. 바로 내가 그 심정이라고 맞장구를 쳤다. 눈을 비비면서 나온 또 다른 사장님 코지 씨도 대화에 끼어들었다. 세 사람은 '한국어 공부 조금 하다가 어려워서 포기했는데 핑계였군, 분발해야지' 하며 나를 추켜세웠다.

가벼운 대화를 나누다가 디자인 작업을 한다는 아이 씨는 손님과 함께 회의를 하러 자리를 옮겼고, 나는 일러스트 작업을 주로 한다는 코지 씨와 책방에서 꽤 긴 시간 이야기를 나누었다. 여행의 목적이 '일본어 쓰기'밖에 없다는 말에 책임감을 느꼈는지 수줍음이 많아 보이는데도 열심히 대화를 이어 가려 애쓰는 모습이 감동적이었다. 코지 씨가 부산 여행 사진을 뒤져서 보여 주었는데 역시나 예상을 벗어나지 않았다. 감천문화마을, 해동용궁사, 신창토스트! 요즘 어떤 일러스트를 그리는지도 알려 주었는데 캐릭터, 로고, 광고 일러스트 등 다양한 작업물이 가득했다. 학창 시절부터 친구 사이인 아이 씨와 코지 씨는 작업실 겸 갤러리를 꾸려 오다가 한쪽에 자신이 좋아하는 것들을 채워 헌책방을 시작했다. 책장 옆 곤충 표본이나 돌멩이 장식품도 어릴 때부터 수집하고 만들어 온 것들이라고 한다.

코지 씨는 가장 좋아하는 책이라며 다자이 오사무의 오래된 책 한 권을 들고나왔다. 코지 씨가 종이 위에 '신주(心中)'라고 쓰고 뜻을 설명해 주었다. 아는 한자 두 자라서 반가워했더니, 뜻은 전혀 예상 밖으로 '연인과 동반자살'을 뜻했다. 다자이 오사무가 몇 번의 '신주' 시도 이후 고향으로 돌아와 쓴 소설의 마지막 구절을 펼쳐서 보여 주었는데, 책 제목과 구절은 잊어버렸다. 사진이라도 찍어 둘 걸 후회가 된다. '살아 있음'에 대한 희망 같은 내용으로 희미하게 기억이 난다. 몇 번이나 죽을 결심을 하고 전쟁의 참혹함을 경험한 후 쓰인 한 문장이라 더욱 무게가 느껴진다고 말했던 것 같다. 일본어 쓰기에 심취해서 중요한 정보를 놓치고 말았다.

집중력을 잃을 정도로 외국어 대화를 길게 이어 갔으니 선물을 꺼낼 타이밍이다. 3집 앨범을 내밀며 미야자와 겐지의 시 〈비에도 지지 않고〉를 번역해 부른 노래가 있다고 했더니, 서가에서 미야자와 겐지와 관련된 몇 권의 책을 꺼내 보여 주었다. 고마운 마음에 판화 그림책 한 권과 사진과 도표 등 작가와 관련된 다양한 정보가 담긴 책을 골랐다. 책방 입구에 사장님이 디자인한 오리지널 책 포장지가 있길래 한국에 가져갈 선물로 딱이다 싶어 왕창 집었다. 마지막으로 유일하게 로고를 아는 미시마샤 출판사의 책을 한 권 카운터로 가지고 갔다. 코지 씨는 할인까지 해주면서 책방에서 만든 독립출판물과 직접 디자인한 어느 축구팀의 캐릭터 인형을 선물로 내밀었다.

대화만으로 이미 넘치는 선물을 받았는데, 너무 고마워서 (마음으로) 팔짝팔짝 뛰었다. 인형은 바로 가방에 달았다. 다음에는 부산에서 만나자고 인사를 하고 뒤돌아서 나오며 '역시 여행은 책방 여행이지' 콧노래를 불렀다. 책방은 언제나 환대가 있는 곳이니까.

혼자 떠났지만
혼자가 되지 않는

일찌감치 하카타역에 도착해 오벤토(お
弁当, 도시락) 가게를 기웃거렸다. 일본에서는 기차에서 꼭 벤토
를 먹어야만 완성되는 그림이 있다. 에키벤(駅弁, 역도시락)이라
는 단어가 따로 있고, 기차에서 도시락을 먹는 이야기만으로
드라마가 만들어질 정도니까. 배가 별로 고프지 않은 데다
대부분 고기가 들어가 있어서 그냥 포기할까 하다가, 그래도
신칸센 탑승은 처음이라 생선이 들어간 작은 사이즈의 도시
락을 골랐다.

목적지인 오노미치로 가기 위해서는 신칸센을 타고 가다
일반 열차로 환승하기 위해 후쿠야마에서 내려야 한다. 출
발할 때는 짐도 많고 수면 부족이 따라다녀 환승만 할 생각

이었는데, 역에 정차하자마자 창밖으로 보이는 후쿠야마성의 우아한 자태에 이끌려 코인로커에 짐을 맡기고 조금 걸어보기로 했다.

대도시에서 작은 동네로 이동하고 있다. 역 주위에는 사람도 없고 가게도 없다. 햇살이 따뜻한데도 스산한 기운이 맴돈다. 조금 걸었더니 아무도 없는 작은 커피하우스가 보여 들어갔다. 주인 할머니가 연속극을 보고 있었다. 커피와 토스트를 주문하고 잠깐 말을 걸어 보았는데, 처음엔 조금 경계하는 느낌이 들었다. 조심스레 대화를 이어 가다 보니, 이내 토스트 만드는 방법을 친절하게 알려 주었다. 가게를 45년째 해 오고 있다는 자부심도 내비쳤다. 사이펀 방식으로 내린 커피에서도 묵직한 긍지의 맛이 났다. 나오는 길에 보니 입구에는 오래된 나무 현판에 붓글씨로 고풍스럽게 '향이 뛰어난 커피(香り高い珈琲)'라고 쓰여 있다.

작은 역마다 멈추는 열차를 타고 20분 후 오노미치역에 내렸다. 후쿠야마보다 작은 동네였지만 내리자마자 활기찬 에너지가 느껴졌다. 오후 햇살이 부드럽게 비치는 상점가에 교복 입은 무리가 자전거를 타거나 삼삼오오 걸어 다니는 걸 보니 마치 일본 청춘영화 속을 걷는 것 같다.

역에서 게스트하우스 야도카리(Yadoka-ri)까지는 걸어서

5분 거리다. 4시 체크인 시간에 딱 맞춰 도착하니 선하고 밝은 얼굴의 직원이 기다리고 있다. 그의 이름은 타마. 타마는 게스트하우스를 운영하는 히로의 아내인데 일주일에 하루만 체크인 업무를 한다. 마침 그날 타마를 만날 수 있던 것도 나의 여행운 아니었을까.

숙소에 들어서자마자 집처럼 아늑하게 느껴져 오늘은 깊이 잠이 들 것 같았다. 일본어에 '이고코치(居心地)'라는 단어가 있다. 어떤 자리에서 느끼는 기분을 뜻한다. '이고코치가 좋다'라는 표현을 처음 배웠을 때, 내가 거기 있어도 괜찮다고 느끼게 하거나 안심하게 하는 장소를 칭하는 특정한 표현이 있다는 게 신기해서 단숨에 외웠다. 야도카리는 이고코치가 좋았다.

내 방 창밖으로 깨끗한 거리와, 바다와, 맞은편의 섬이 보인다. 그 섬이 이름마저도 무카이시마(向島, 맞은편 섬)라는 사실은 다음 날 자전거를 타며 알게 되었다.

크지 않은 마을임에도 오노미치에는 활기가 가득하다. 다도해로 유명한 세토내해(瀬戸内海)의 7개 섬을 잇는 자전거길의 출발지로서 관광지 역할을 하고 있기 때문이다. 마을의 에너지는 사람으로 만들어지고, 사람은 재화를 만들 산업이 있어야 모여든다. 2011년 동일본대지진 이후 대도시에서 소도시로 옮겨 가는 청년들이 늘었다고 한다. 초고령사회에 진입한 이후 인구 소멸로 일본 각지에 빈집이 많아졌는데 젊은이들이 그 지역을 채우려면 무언가 먹고살 거리가 필요하다. 사람을 불러 모을 수 있는 오노미치의 관광자원이 도시재생의 기회와 상상력을 제공하지 않았을까. 또 하나 중요한 자원은 선주민의 개방성이다. 오노미치는 역사적으로 제2차세계대전과 히로시마원폭 이후 피난민들이 많이 정착했기 때문에 외부인에 대한 경계심이 적다고 한다.

내가 도시재생에 대한 다큐멘터리를 보고 오노미치에 왔고, 일본어를 왕창 쓰는 게 여행의 목표라는 이야기를 했더니, 타마는 내게 누군가의 하우스파티에 저녁 먹으러 같이 가자고 주최한 사람에게 묻지도 않고 제안했다. 역시 이방인을 경계하지 않는 마을다웠다. 편의점에서 맥주라도 사서 파티에 가려고 바다 옆으로 난 길을 따라 조금 걸었다. 제주도로 이주한 친구가 석양을 매일 볼 수 있는 바닷가 마을에 살아서 행복하다고 말했던 게 떠올랐다. 코발트색과 오렌지색의 그라데이션이 끝내주는 하늘과 바다가 산책 친구였다. 에비스 캔맥주와 한국 김맛(?) 감자칩을 골라서 타마의 퇴근을 기다렸다.

게스트하우스 야도카리는 동네 사람들의 사랑방이기도

한가 보다. 누군가 갑자기 뛰어와 화장실을 빌려 쓰고, '공유주방' 간판을 달고 있는 게스트하우스의 사무실 소파에 털썩 앉아 타마에게 실연 소식을 전했다. 애인이 갑자기 이별을 고해서 이유를 끈질기게 물었더니 "손에 닿는 피부의 감촉이 맞지 않아서"라고 했단다. 다른 이유가 있는데 변명을 한 게 아닐까 추측해 보았지만, 그게 진짜 이유란다. 타마와 내가 흥분하며 화내는 모습을 보면서 그녀는 "주위 사람들의 그런 반응을 모으며 실연의 아픔을 이겨내는 중"이라고 했다. "한국에도 이 이야기를 전해서 더 욕을 퍼트리자." 타마의 농담에 다 같이 웃었다.

오노미치역 근처의 상점가는 평지에 있지만, 길 건너편 마을은 산 중턱에 있다. 자동차로 갈 수 없는 좁은 길들이 모세혈관처럼 뻗어 있다. 부산의 우리 동네와 무척 닮아 있어 친근하고 마음 편했다. 절 하나를 통과해야 마을로 진입할 수 있는 것도 재밌다. 타마는 가게가 전혀 없을 것 같은 골목을 가리키며 이쪽에는 숨어 있는 카페가, 저쪽에는 일본에서 가장 작은 빵집이 있다는 등 안내를 해준다. 타마의 나직한 목소리를 따라 밤길을 즐겁게 걸었다.

도착한 곳은 1년째 빈집을 고쳐서 살고 있는 유우 씨의 집. 2층 공사가 남았다며 "오노미치의 사그라다 파밀리아"

라고 말했다. 그동안 도움을 준 동네 친구들을 초대해 1층 거실에서 작은 축하 파티를 여는 자리였다. 카레나 후무스를 만들어 온 사람, 커다란 생선을 들고 온 사람, 오니기리를 만들어 온 사람, 칵테일을 만드는 도구와 술을 준비해 온 사람 등등이 동그랗게 둘러앉았다. 조금 어색하게 인사를 하고 맛있는 음식을 먹었다. 한 친구가 직접 유기농으로 농사지은 갓 도정한 쌀을 들고 와서 밥을 지었는데, 한 숟갈 입에 넣으니 고향집에 온 것 같았다. 긴장이 사르르 풀렸다.

일대일 대화까지는 무리가 없었는데, 한꺼번에 많은 사람이 쏟아 내는 일본어를 따라가는 건 좀 어려웠다. 그래도 한국에서 온 이방인에게 관심을 듬뿍 주는 친절한 사람들 덕분에 즐거운 시간을 보냈다. 특히 한국 사람을 처음 본다는 히로와 타마의 초등학생 아들 둘, 에이타로와 린타로의 질문 공세 덕분에 파티의 낙오자가 되지 않을 수 있었다. 눈에 보이는 모든 단어를 한국어로 뭐라고 하냐고 계속 물어서 잠깐 한국어 교실이 열리기도 했다. 나중에는 한국과 일본의 외교 문제까지 질문이 확장되어 땀을 조금 흘렸지만, "가까운 나라이니 친하게 지내는 게 좋겠다"는 에이타로의 정리 덕분에 어려운 주제가 화기애애한 분위기로 마무리되었다.

오스트리아, 독일, 뉴질랜드에서 온 친구들도 있는 국제적인 파티였는데, 모두 일본어로 이야기하고 있는 게 낯설고 신선했다. 그날 모인 젊은 오노미치 이주자들이 대부분 그림을 그리거나 그림책을 만들거나 디제이를 하거나 글을 쓰거나 농사를 짓거나 커뮤니티활동가라는 사실은 나중에 인스타그램을 통해 알게 되었다. 한 명 한 명 제대로 대화를 나누지 못했다는 게 아쉽다.

낯선 사람에게 아무 경계 없이 따뜻한 음식과 관심을 준 게 고마워서 가기 전에 마침 놓여 있던 클래식 기타로 노래를 부르겠다고 해 버렸다. 유우 씨가 친절하게 튜닝을 해주고 어딘가에서 카포도 찾아서 들고나왔다. 일본인이라면 누구나 알고 있는 미야자와 겐지의 〈비에도 지지 않고〉를 먼저 부르고, 일본어로 만든 노래 〈까만 바다〉를 이어 불렀다. 처음 본 사람이 부르는 처음 듣는 노래에 모두가 귀를 기울이고 크게 박수를 쳐 주었다. 그 밤의 온기를 떠올리면 지금도 행복한 꿈을 꾼 기분이다.

혼자서 밤길을 되돌아 걸어 숙소로 돌아왔다. 오는 길에 타마가 알려 준 가게들의 위치를 다시 한번 확인했다. 조용한 골목과 마음에 쏙 드는 오노미치의 상점가를 음미하려고 천천히 걸었다.

2층 내 방에는 두꺼운 자주색 이불과, 커다란 고릴라 동
상과, 은은한 조명과, 창밖 밤바다의 풍경이 기다리고 있었
다. 혼자 떠났지만 절대 혼자가 되지 않는 여행이 계속되고
있다. 따뜻한 이불 속에서 일기를 쓰고 며칠 만에 깊은 잠이
들었다.

도넛처럼
이어져 있는 우리

오노미치 상점가에 있는 맛있는 빵집에서 아침 요깃거리를 좀 샀다. 숙소에서 녹차 한 잔을 우려 빵으로 간단히 식사를 해결했다. 남은 빵은 간식거리로 가방에 넣어 두었다.

오늘의 계획은 자전거로 섬 건너기. 자전거 대여점이 문을 열 때까지 전날 걸었던 길을 산책하기로 했다. 육교와 바로 연결된 마을 입구를 조금 지나면 절이 나온다. 밤도 좋았지만 아침의 골목 역시 또 다른 매력으로 빛난다.

오노미치는 절과 고양이가 많은 동네로도 유명한 모양이다. 좁은 골목 모퉁이를 돌 때마다 마을 홍보대사라도 되는 듯 애교를 부리는 고양이들을 만날 수 있었다. 오래된 골목, 오래된 집들은 부산의 우리 동네 풍경과 비슷해 보였지만 일본의 고풍스러운 목조 건물과 디테일이 남다른 문 장식, 깔끔한 조경에는 감탄이 나왔다. 산책이 너무 즐거워서 자전거 여행 포기 선언 직전까지 갔다.

물건을 챙기러 잠깐 숙소에 들렀는데 게스트하우스 주인 히로와 마주쳤다. 어제 참여한 하우스파티 즐거웠다고 하니, 히로는 내가 노래 부른 영상을 에어드롭으로 전송해 준다. 꿈같았던 시간의 영상 기록이 남아서 얼마나 다행인지!

히로의 인스타그램에 도넛 사진이 유난히 많아 궁금하던 차에 이유를 물었다가 엄청난 대답을 들어 버렸다. 히로는 올해 초부터 갑자기 도넛을 만들어야겠다는 생각이 들어 한창 연구 중이라고 한다. 지금은 게스트하우스에서 임시로 매주 화요일마다 판매를 하고 있는데, 내년에는 정식으로 가게를 열 거라고 했다.

"네가 자신을 표현하는 도구로 노래를 부르는 것처럼, 나도 도넛으로 나를 표현하는 거야." 엥? 이게 무슨 소린가 싶어 더 이야기를 해 달라고 졸랐다. 젊은 시절 독일에서 디제이를 했다는 히로는 선반에서 작은 LP판을 꺼내 보여 주며 그걸 '도넛판'이라 부르고, 당시 공연을 했던 라이브 바의 이름도 '도넛'이었다고 말했다. 그는 어느 날 갑자기 떠올린 추억과 도넛의 모양을 생각하다가 좋은 공동체의 의미를 발견하게 되었다. 나아가 도넛은 모든 것이 연결된 우주를 상징한다는 생각에 직접 도넛을 만들기 시작했다는 사연!

사실 처음에는 그저 좀 특이하고 재미있는 사람이다 싶어 장난치면서 대화를 이어 갔다. 그러다 "도넛 같은 공동체를 만들어 가고 싶다"고 진지한 눈빛으로 말할 때는 나도 모르게 울컥 눈물이 날 뻔했다. 나는 언제나 떠돌이, 외톨이, 이방인의 정체성으로 살아왔지만, 20대 시절 내 마음을 뜨겁게 만든 건 늘 공동체였다. 이스라엘의 키부츠, 영국의 부르더호프 공동체, 한국의 개척자들 등 규모와 가치가 서로 다른 여러 공동체를 경험하러 다니던 시기도 있었고, 친구들과 함께 지내며 작은 작당을 시도해 온 것은 내 나름의 공동체 실험이기도 했다. 혼자는 언제나 부족하기에 또 재미도 없으니 공동체라는 이름이 아니더라도 사람들은 모여야 한다고 믿는다.

그러나 한편으로는 인간이 혈연이나 애정으로 묶이지 않고도 서로 희생을 감수하면서까지 무리를 유지할 수 있는 존재인지 의문이었다. 또, 가치를 공유하는 공동체는 강경한 규칙과 리더 없이는 유지되기가 힘들어 보였다. 내가 공동체에서 가장 못 견디는 게 바로 그런 강경한 규칙과 리더다. 내게는 타인을 지배하려는 '힘'처럼 느껴졌다.

나름의 대안으로 나는 공동체를 '파도'의 의미로 상상했다. 인력과 바람이 이어 준 어느 순간의 피어남, 그리고 시간이 흘러 역할을 다하면 다시 흩어진다. 내 안에서 다양한 조합의 공동체는 흩어졌다 모이고 흩어졌다 모이는 파도의 반복을 이어 간다.

반면 히로의 공동체는 도넛처럼 이어져 있다. 아주 동그랗고 단단한 듯 말랑말랑하다. 가운데가 빈 것은 카리스마형 리더나 단단한 중심 없이도 연결될 수 있다는 뜻이다. 하지만 중심이 사람의 눈에 보이지 않는다고 해서 비어 있는 건 아니란다. 중력, 인력 등 온갖 에너지의 영향 아래 있는 우주의 존재들은 서로 작용-반작용을 이어 가기 때문이다. 도넛 속 빈 공간은 그런 에너지들이 매우 빠르게 움직이는 장소다. 가치도 의미도 리더도 정체되거나 굳어 버리지 않으려면 늘 움직이고 있어야 한다는 이야기로 다가왔다.

파도는 형태가 없지만, 도넛은 형태가 있다. 내가 그려 온 공동체는 멈춘 적이 없는데도 돌아보면 흔적도 없이 사라졌다는 허무함이 남곤 했다. 그래서 히로의 도넛 공동체론에 눈물이 나려고 했나 보다. 상징만으로 현실이 굴러가지는 않을 테니 우리의 대화는 그저 이상주의자들의 막연한 상상에 불과할지도 모른다. 슬쩍 지나가는 여행자에게 이 마을 공동체의 면면을 알 도리는 없다. 다만 더 알고 싶다는 마음을 곱게 접어서 챙겨 두었다.

시간은 멈춘 듯
흐르고

초록색 자전거를 빌렸다. 세토내해 7개의 다리를 다 건널 생각은 없어서, 전기자전거가 아닌 일반 자전거를 5시간 이용하기로 했다. 지도를 받고 조금 복잡해 보이는 경로에 대한 설명을 듣고 있으니 잘 찾아갈 수 있을까 걱정이 슬금슬금…. "자전거를 배에 싣고 10분이면 무카이시마에 도착해요." 눈앞에 보이는 섬을 손가락으로 가리키며 자전거 가게 사장님이 말했다. 거기서부터는 섬의 노면에 그려진 파란색 라인만 놓치지 않고 따라가면 된단다. 오랜만에 탄 자전거가 중심을 잡지 못하고 휘청댔다. 사장님의 걱정스러운 눈빛이 뒤통수에 느껴졌다. 아무튼, 출발이다.

대만 여행에서 자전거로 해 질 녘 강변을 달린 이후로 자전거를 탈 기회가 생기면 거절하지 않고 페달을 밟는다. 대만에서의 경험이 없었다면, 지난봄 우도에 있는 밤수지맨드라미책방에서 갑자기 자전거를 빌려준다고 했을 때 좋아서 실실거리며 바다를 따라 섬을 돌아다니지 못했을 거다. 오노미치에서 자전거를 탈 생각도 절대 하지 않았을 거고. 섬과 자전거는 행복의 조합이다.

무카이시마섬에서 낯선 길을 혼자 달리려니 처음에는 긴장감으로 손에 땀이 났다. 낯선 자전거와 시골 섬의 분위기에 조금씩 적응이 되기 시작하자, 주변에 보이는 모든 풍경이 힘껏 나를 환영하는 것만 같다. 주위는 온통 귤밭과 농부들과 익숙한 듯 낯선 나무들로 가득하다. 일본 시골에 꼭 가 보고 싶었는데 어느새 내가 탄 자전거가 시골길을 달리고 있다.

마을 길에 조금 익숙해질 무렵 바닷길에 닿았다. 낚시하는 사람들이 곳곳에 앉아서 기다림의 시간을 보내고 있다. 작은 섬의 바다는 아직 사람의 손에 훼손이 덜 되어 자연 그대로의 아름다움을 보여 준다. 사실 나는 행복에 집착하지 않는 편인데, 이상하게 자전거를 타고 자연 속을 달리면 언제나 '행복'이라는 단어가 떠오른다.

특별한 목적지가 있는 건 아니니까 언제든 멈추어서 맛

있는 공기를 맛보거나 멍하니 바다를 바라보길 반복했다. 조금 외로워진 이유는 이렇게 좋은 순간을 누군가와 나눌 수 없다는 게 아쉬워서다. 대신 인스타그램에 올릴 사진을 잔뜩 찍었다.

두 번째 인노시마섬으로 이어지는 다리에 다다르기 전에 바다를 마당 삼은 가게들이 하나둘 나타났다. 무심코 지나칠 뻔했을 정도로 작은 오두막이 카페라는 걸 알아차린 건 야외 테이블에 앉아 커피를 마시는 할아버지를 보았기 때문이다. 이렇게 완벽한 오전, 나에게 딱 하나 부족한 게 커피였으니 일단 멈출 수밖에. 따뜻한 커피를 기다리면서 자연스럽게 할아버지와 영어로 대화를 시작했다. 자신을 '유짱'이라고 소개하는, 매일 자전거로 80킬로미터를 달리는 70대 할아버지다. 젊은 시절에는 태국에서 일했다면서 "사와디캅" 하고 개구쟁이처럼 웃었다.

카페 주인장 유코가 대화에 합류했다. 내가 일본어를 쓰러 일본에 왔다고 하니까 유짱이 "그럼 일본어로 이야기해야겠네" 한다. 세대도 국적도 다른 사람들이 우연히 작은 섬의 카페 앞마당에서 이야기를 나눈다. 즐거운 시간을 보내다가 유짱은 "나보다 일본어 잘하는 것 같은데?"라는 말을 남기고 멋진 헬멧을 쓴 채 다음 라이딩을 위해 자리를 떴다.

유짱이 저녁에 밥을 사 주겠다고도 했는데, 오노미치에서 저녁에 무언가 재미난 이벤트가 기다리고 있을 것 같은 예감에 일단 거절해 두었다(예감은 적중했고!). 하지만 여행자를 향해 열린 마음만은 고맙게 받았다.

유코와는 알고 보니 동갑이다. 유코는 20대에는 일과 여행을 반복하며 지냈고, 서핑과 스노보드를 좋아하는 친구다. 그녀가 남편의 고향에 온 후 바다 풍경에 반해 이곳에 집을 지은 게 8년 전, 카페를 시작한 건 4년 전이다. 바닷가에 정착한 지금의 삶에 만족하지만, 내년에는 다른 어딘가에 있을지도 모른다고 꿈꾸듯 말한다. 유코는 마음속에서 어디로든 떠날 자유를 지우지 않았다. 여행자로 살아온 시간이 길었기 때문인지 나는 유코와의 대화가 너무나 편안하고 즐거웠지만 그래도 여기까지 왔으니 다리 하나는 건너야 할 것 같았다. 돌아오는 길에 또 오겠다고 인사하고 다시 자전거를 탔다.

섬을 건너는 다리로 이어지는 좁은 언덕길은 차도와 분리되어 새로운 장면을 보여 준다. 한창 단풍이 물들기 시작하는 나무들과 파란 하늘과 새들의 노랫소리에 오르막길이 그리 힘겹게 느껴지지 않았다. 커다란 교각 위는 자동차가 달리고, 그 아래 좁은 통로는 걷거나 바퀴가 두 개인 것만 지나다닐 수 있다. 바다 위를 자전거로 달린다는 신기한 마음은 있었지만 안전 가림막이 시야를 가리는 건 아쉬웠다. 인노시마섬에 도착해서 바다를 바라보고 잠깐 쉬다가 곧 되돌아왔다. 유코의 카페에서 더 많은 이야기를 나누고 싶어서다. 오르막길이 시원한 내리막길이 되는 것도 자전거의 묘미다.

"벌써 두 번 왔으니 이미 단골이 되었네." 유코가 반갑게 맞아 준다. 토스트와 커피를 주문해서 허기도 달래 본다. 가방에 있던 빵을 유코에게 선물로 내밀었다. 아침에 욕심부려 많이 사 두길 잘했다. 카페 마당에서 햇살과 바람을 맞으며 또래 친구와 지나온 시간과 앞으로의 꿈을 이야기하는 동안 단골손님들이 하나둘 찾아와 일상적인 대화를 나누고 떠나간다. 유코의 다정함이 이곳을 사랑방으로 만드는구나, 느낄 수 있었다.

자전거 여행을 하는 중이라는 무카이 씨가 손님으로 합류했다. 내가 오늘 가길 포기한 길을 반대편에서부터 달려온 참이었다. 자신은 도쿄 근방에서 왔는데, 일본 전국을 자전거로 자주 다녀 보았지만 "여기가 젤 좋아"라고 말한다. 우리 동네도 아닌데 괜히 기분이 좋았다. 친구도 생기고 단골 카페도 생긴 곳이니까 기뻐해도 괜찮겠지. 언젠가 다시 찾아왔을 때 유코가 있다면 얼마나 반가울까. 혹시 어디론가 떠났다고 해도 괜찮다. 우연히 만난 오늘의 시간이 꿈처럼 느껴지는 것도 나쁘지 않을 것 같다.

오노미치로 되돌아가는 길은 갈 때보다 훨씬 짧게 느껴졌다. 단골 가게와 친구가 생긴 이 예쁜 작은 섬과 마음의 거리가 가까워졌기 때문이겠지.

신나는 라이딩을 마치고 자전거를 반납하고 나니 갑자기 무릎이 욱신거리고 엉덩이가 아팠다. 햇볕에 그을린 얼굴은 화끈거리고 몸에서는 땀 냄새가 진동한다. 살아 있다는 증거다. 숙소 앞 벤치에 앉아 멍한 얼굴로 숨을 고르고 있으니 위층에서 커피를 로스팅하는 고소한 향기가 날아와 코에 닿았다. 아로마테라피를 받는 듯 몸이 이완된다.

로스팅을 끝낸 히로가 나를 발견하고 어서 오라는 인사를 한 뒤 커피 한 잔을 내려 준다. 천국이 따로 없다. 멈추지 않는 여행자의 행운에 조금 겁이 난다. 설마 내 남은 삶의 모든 운을 여기서 몰아 써 버리는 건 아니겠지? 아니 아니야, 일단은 매 순간을 만끽하겠어! 지금 쑤시는 무릎에 닿는 햇살과 바람, 코와 입을 채우는 향긋한 커피, 전혀 알아듣지 못하던 언어가 어느새 귀에 닿아 흥미로운 이야기로 채워지는 신비까지 다 누려 줄 테다.

긴 머리에 수염이 덥수룩한, 누가 봐도 여행자로 보이는 사람이 나타났다. 히로에게 인사를 하고 커피를 받아 든 고우는 내 옆에 앉아 이야기를 시작했다. 자동차에서 숙식을 해결하며 니가타에서부터 목적 없이 무전여행 중이고, 나처럼 어제 오노미치에 도착했다고 했다. 여행에서 만나는 모든 사람에게 보여 준다며 딱 한 권만 만든 사진집을 꺼낸다. 평생 여행만 했을 것 같은 분위기를 풍기고 있지만 실은 멀리 떠나는 여행도, 직접 찍은 사진을 모아 책으로 만든 것도 모두 처음 해 보는 시도라고 했다. 함께 살던 파트너가 독일로 떠난 후 밀려든 상실감이 모험의 동력이 되었다.

사진집의 첫 장을 펼치자 '여행자 사진(瘋癲寫眞)'이라는 낯선 한자가 적혀 있다. 단어만 봐서는 사람이 여행하는 건지 사진이 여행하는 건지 아니면 둘 다인지 모호했는데, 고우는 일본 사람들도 잘 모르는 특이한 단어라고 설명했다. 흑백의 순간이 잘 담긴 사진들이 인상적이다 싶으면 갑자기 컬러 사진이 나타나 눈길을 끈다. 빛과 어둠을 포착한 사진을 보니 앙리 카르티에 브레송이 남긴 '결정적 순간'이라는 표현이 떠오른다. 사진 예술만이 담을 수 있는 특권, 시간을 포착하여 의미를 만든다. 그 의미는 우연을 운명으로 바꾸는 연금술이다. 세상에 하나뿐인 사진집을 사이에 두고 여행과 인생과 예술과 꿈을 이야기하다 보니 시간이 어떻게 흘러갔는지 모를 정도였다. 이제 머릿속 생각도 일본어로 흐를 정도로 편해졌다.

마침 고우의 친구가 오노미치로 여행을 와서 저녁에 같이 밥을 먹기로 했단다. 나에게도 같이 가지 않겠냐고 권해서 함께 상점가를 걸어 마타타비(またたび)라는 라멘집에 도착했다. 도쿄에서 온 미용사이자 카레 요리를 하는 'CJ'를 거기서 만났다. 고우와 CJ는 카레 가게를 하던 또 다른 친구를 통해 그전에 한 번 만났다고 한다. CJ가 도쿄에서 가게를 접으면서 '24시간 카레 파티'를 열어 친구들을 마구 초대했단다. 오호라, 끝을 맺는 순간에 파티를 연 엄청난 에너지에 감탄했다. 이후 둘은 SNS로 인연이 이어지다가 우연히 서로가 오노미치에 있다는 걸 알게 되어 오늘 마타타비에 모였다.

고우는 야채카레 통조림 제작 프로젝트를 소셜펀딩으로 진행한 CJ를 다시 만나고 싶었다고 한다. 비록 대량생산까지는 이어지지 못했지만, 당시 CJ가 만든 작고 예쁜 노란색 통조림은 나도 실물로 볼 수 있었다. 어딘가에선 끊임없이 나 모르게 재밌는 작당이 일어나고 있었다!

카운터 자리가 전부인 작은 라멘 가게 마타타비는 〈심야식당〉처럼 마스터 타카 씨가 중앙에서 요리를 하고 술을 내어 주는 곳이다. 어깨가 닿은 채 나란히 앉아서 각자가 좋아하는 술을 마시다 보니 어제 홈파티에서 만난 낸시도 오고, 혼자 술 마시러 온 괴짜 청년 키노코도 왔다. 우연히 한자리에 모인 모든 사람이 즐거운 수다를 이어 갈 수 있었던 건 마스터 타카 씨의 적절한 질문과 리액션 덕분이었다. 맛있는 라멘과 안주를 만드는 동시에 진행까지 겸하다니! 사실 그 자리에 앉아 있는 동안에는 그 상황이 물 흐르듯 자연스러워서 알아차리지 못했는데, 나중에 일기를 쓰면서 마스터의 마법에 무릎을 쳤다.

도쿄에서 오노미치로 이주한 타카 씨의 마타타비는 단순히 직역해서 '다시 여행'이라는 뜻인 줄 알았는데, 그것만으로도 충분히 취향 저격이었지만 알고 보니 그 이상의 이야기를 담고 있었다. 마타타비는 '캣닢'처럼 고양이를 기분 좋게 만드는 성분이 들어 있는 개다래나무를 부르는 명칭이라고 한다. 과거에 지친 여행자가 그 잎과 열매를 먹고 계속해서 여행을 이어 갈 힘을 얻었다고 하여 '다시 여행'이라는 이름이 붙여졌다. 자신이 만든 음식으로 사람들에게 다시 시작할 힘을 건네고 싶은 타카 씨의 마음을 담은 이름이었던 거다. 또 눈물이 찔끔 났다.

맞은편 섬에 숙소가 있어 마지막 배를 타야 하는 CJ를 배웅하러 가게에 있던 모든 사람이 밖으로 나왔다. 그 모습을 본 타카 씨는 우리를 사진에 담았다. 나는 사진을 찍는 그의 모습을 내 카메라에 몰래 남겨 두었다. 멀어지는 CJ의 뒷모습을 보던 타카 씨가 뛰어가서는 돌아오는 일요일 오후에 마을에서 파티가 열리는데 거기에서 카레를 만들어 보지 않겠냐고 제안했다. 흔쾌히 수락한 CJ에게 고우는 자신이 신세 지고 있는 전직 셰프 할아버지(물론 우연히 만난 사람)의 집에서 카레의 밑 준비를 할 수 있을 거라고 소리쳤다.

오노미치에서는 아이디어가 현실에 반영되는 속도가 어마어마하다. 일요일까지 오노미치에 머물지 못해 카레 맛을 못 본 게 지금까지도 한으로 남았다. 오노미치에서 예정된 밤은 그렇게 마법처럼 멈춘 듯 흐르고 있었다.

내가
되고 싶어서

오노미치에서 예정된 2박이 끝나는 아침. 마음이 넘쳐서 술렁거린다. 타마와 고우가 각각 나를 배웅해 주고 싶다고, 가기 전에 꼭 연락을 달라고 했다.

오노미치에서는 인구 소멸과 지역 노후화로 인해 버려진 빈집을 이주희망자에게 제공하여 도시재생과 지역 활성화를 함께 도모하는 '빈집재생 프로젝트'를 진행하고 있다. 이를 통해 전국에서 모여든 청년들이 작은 가게나 팝업스토어를 열어 오노미치에 활력을 불어넣는다.

숙소의 1층 공유공간에서 스치듯 만난 누군가가 낡은 빈집을 고쳐 여러 가게로 만든 재생공간이 있다며 들러보라 했다. 그곳에 아침 7시 반부터 오후 2시까지 아침밥을 파는

킷챠우이(きっちゃ 初)라는 가게가 있다는 말에, 꼭 가 보고 싶어졌다.

구글 지도의 안내를 따라갔지만, 상점이 있을 것 같지 않은 평범한 주택가에서 길을 좀 헤맸다. 손으로 쓴 작은 간판들을 발견하고 숨어있는 좁은 골목으로 들어가니 작은 마당에 할머니, 엄마, 아빠, 어린이, 강아지(귀여운 시바견)가 옹기종기 앉아 밥을 먹고 있다. 강아지와 셀카를 한 장 찍고 가게 안으로 들어섰다.

창가 소파 테이블 하나와 주방 쪽 벽면에 설치한 간이 식탁이 전부인 작은 식당 가운데에는 커다란 오뎅 나베가 올려진 난로가 있다. 계절 한정 메뉴로 이번 주에 처음 선보이는 것이라고 했다. 가게 주인 도이가 아침 정식은 두 종류가 있다고 설명해 주었다. 신상 메뉴인 오뎅 정식을 주문하고 주방과 가까운 자리에 앉았다. 하얀 쌀밥에 미소시루, 반찬 몇 가지와 내가 고른 세 종류의 오뎅이 쟁반 위에 곱게 차려져 나왔다. 맛을 천천히 음미하며 그릇을 깨끗이 비우고 나니 '내일도 먹고 싶다, 아니 매일 먹어도 좋겠다'는 생각이 들었다. 곧바로 타마에게 전화를 걸어 하루 더 묵을 수 있냐고 묻고 다음 목적지에 예약해 둔 숙소를 환불 없이 취소한 후, 고우에게 오노미치에 하루 더 머물기로 했다고 메시지를 보냈다.

타마가 일부러 시간을 내어 배웅 대신 산책을 함께해 주었다. 내가 녹차를 좋아한다고 하자 타마는 오노미치산 찻잎을 쓰는 찻집으로 안내했다. 북적이는 상점가 어딘가에 연결된, 한 사람이 겨우 지나갈 만한 좁은 골목 끝에 나타난 호젓한 작은 찻집. 아슬아슬한 나무 계단을 오르면 테이블이 단 두 개뿐인 다락방이 있다. 점원이 하루 중 딱 지금 시간의 햇살이 좋다고 말하며 갈대와 마른 꽃을 꽂은 화병을 우리 앞에 놓아준다. 오래되어 낡고 좁은 목조 건물의 다락방에 앉아 새로 사귄 친구와 오전 햇살을 받으며 녹차와 화과자와 타이야키(일본식 붕어빵)를 먹는다. 오노미치에서는 내내 꿈같은 풍경 속에 머물게 된다. 너무 고마워서 내가 사겠다고 했더니, 이내는 멀리서 온 손님이니 당연히 대접받아야 한단다.

알고 보니 타마도 나처럼 런던에서 지낸 적이 있었다. 몇몇 지명들을 언급하며 서로 아는 추억들을 꺼내 놓았다. 타마가 불쑥 나에게 앞으로 무엇을 하고 싶냐고 물었다. 문득 튀어나온 대답은 "나는 내가 되고 싶어"였다. 무엇을 할지보다 어떻게 살지를 내내 고민하며 살아온 것 같은데, 지금의 나에게 다다른 대답이 '자신이 되는 것'이었나 보다. 영화감독이 되고 싶어 떠난 영국에서 돌아왔을 때, 내 손에 꿈은 더 남아 있지 않았다. 하고 싶은 것 앞에서 자꾸 도망가는 자신이 밉기만 하던 서른 살의 이내는 '나'에서 '바깥'으로 눈을 돌렸고, 곁에 있는 이들의 꿈을 함께 이루려 했다. 그러는 사이에 꿈에도 없던 노래를 하고 글을 쓰는 내가 되었다. 자신을 미워하지 않고, 사람과 삶을 믿고 싶은 내가 남았다. 다만 이것은 완결형이 아니라 현재진행형. 눈앞에 있는 이들과 만드는 순간순간의 점들. 그 점들이 이어지면서 아직 모르는 내가 되어 간다.

타마가 남편 히로의 고향 마을인 오노미치에 정착하게 된 사연은 자세히 듣지 못했다. 지금은 아이들을 키우는 게 삶의 전부라고 한다. 타마의 아들 에이타로와 린타로를 보면 그녀가 빚어 온 삶의 모양을 짐작해 볼 수 있다. 낯선 이를 경계하지 않고, 호기심이 넘치며, 어른들 사이에서 자유롭게 의견을 말하는 어린이들. 아이를 낳고 키우는 삶은 나에게서 영영 멀어진 것 같지만, 그래서 더욱 타마 같은 친구의 삶이 소중하게 느껴진다. 내가 직접 경험하지 못하는 것들을 곁에서 보고 상상하고 배워야 할 테니까. 나에게 친구는 언제나 학교다.

가게에서 되돌아 나오는 좁은 길 끝에 사람들이 북적이

고 있었다. 골목 안 작은 가게를 무심코 들여다봤다가 배우 타키토 켄이치와 코앞에서 눈이 딱 마주쳤다. 일본 드라마에서 자주 본 얼굴이라 깜짝 놀라 소리를 질렀더니 찡끗 웃어준다. 2020년에 방영한 일본 드라마 〈코타키 형제와 사고 팔고〉에서 동생 역을 맡기도 했던 개성파 배우인데, 정작 타마는 전혀 모르는 눈치다. 촬영 준비 중인 스태프들과 구경하는 사람들로 상점가가 북적거린다. 타마가 마침 근처에서 구경 중인 지인에게 물으니 내년 NHK에서 방영될 드라마라고 했다. 짧은 일본 여행 중에, 게다가 도쿄도 아닌 시골에서 연예인까지 보다니, 도대체 이번 여행운은 어디까지 계속될 것인가!

타마와의 산책과 티타임 데이트를 마치고 숙소로 돌아와 개인실에서 다이실로 짐을 옮겼다. 그때 아침에 들렀던 킷챠우이 주인 도이가 숙소에 나타났다. 도이의 옛 친구가 오노미치에 방문했는데, 친구를 이 숙소로 데리고 온 것이다. 다시 만난 도이에게 "행복한 식사였다"라고 인사하고 "내일도 아침 먹으러 가겠다"라는 약속을 했다.

내가 묵고 있는 게스트하우스 1층에는 로컬 오가닉 제품을 파는 작고 아늑한 가게가 있다. 오미야게(기념품) 할 만한 걸 찾아 찬찬히 구경하다가 고등어 통조림(사바칸)을 발견하고 유레카를 외쳤다. 오노미치에 도착하기 전날 일본 여행을 기념하며 본 영화에 영감을 받은 선물로 딱 맞을 것 같았다. 후쿠오카 나카스 지역의 오래된 영화관에서 영화 〈사바칸〉을 봤다. 한국에서는 2023년에 〈1986 그 여름, 그리고 고등어 통조림〉으로 개봉한 영화다. 게다가 이곳에서 파는 고등어 통조림은 공장에서 찍어낸 공산품이 아니라 지역에서 친환경적으로 만든 제품이란다. 지역에서 재배한 쌀로 만든 국수면과 동네 주민이 일러스트를 그렸다는 예쁜 테누구이(일본 전통 수건)도 골라 담았다. 쇼핑을 어려워하는 나에게 선물 고를 기회마저 이렇게 딱 맞게 찾아왔다.

쇼핑을 마치고 벤치에 앉아 이 게스트하우스에 최대 몇 명까지 묵을 수 있을지 세어 보았다. 스무 명까지는 가능할 것 같다. 언젠가 한국에서 친구들을 잔뜩 데리고 오는 즐거운 상상을 하며 헤벌쭉 웃었다.

한편 오노미치에 하루 더 머물기로 했다는 나의 메시지에, 고우는 배웅 대신 드라이브를 시켜 주겠다는 답장을 보내왔다. 마침 가 보고 싶은 곳이 있었는데 같이 가자는 다정한 제안이다. 이야기를 나누면 나눌수록 내 잃어버린 동생이 아닐까 싶을 정도로 고우와 나는 삶에 대한 태도나 성향이 닮았다.

　어젯밤 라멘 가게에서 무전여행을 하고 있다는 고우의 이야기를 들은 사람들이 누구는 술을, 누구는 밥을 사겠다고 서로 다투었다. 나도 지갑에서 5천 엔을 꺼내 혹시 실례가 되지 않는다면 이 돈을 받아 달라고 했다. 노래를 부르며 살아 보겠다고 첫걸음 내디딘 날로부터, 나는 길 위에서 수많은 사람의 대가 없는 호의를 받으며 지금까지 살아남았다. 자신을 찾아 떠나는 여행에 용기를 낸 누군가에게 내가 받은 것을 돌려주는 건 자연스러운 흐름이다. 내가 받아 온 것들에 비하면 너무나도 초라한 돈으로 이런 이야기를 쓰고 있으니 부끄럽다. 하지만 나는 서로 주고받기보다는 대가를 바라지 않는 선물이 흐르고 흐르는 커다란 동그라미를 계속해서 그리고 싶다.

　늦은 오후에 고우를 만나러 오노미치항구에 갔다. 무카이시마섬에 주차된 그의 집(차)은 캠핑용 조리도구들과 널린 빨래로 여행의 냄새를 잔뜩 풍기고 있다. 가장 마음에 들었던 건 블루투스 스피커에서 흘러나오는 음악이다. 고우가 고향인 후쿠시마를 떠나 도쿄로 상경한 이유는 밴드 활동 때문이었다. 지금은 사진가를 꿈꾸며 니가타에 정착했지만 마음속에는 계속해서 밴드에 대한 열망이 있다고 했다. 우리가 새로운 노래를 서로에게 소개하는 동안, 자동차는 음악을 싣고 지는 해를 좇아 달렸다.

빛이 다 사라지기 전에 서둘러 도착한, 아무도 없는 작은 해변에는 신사의 입구를 알리는 문(도리이, 鳥居)이 석양을 오롯이 마주하며 서 있다. 올여름 영덕 고래불해수욕장에서 말없이 바라보았던 아침, 한낮, 해 질 녘, 한밤의 바다로 이미 한계치를 넘을 만큼 바다의 아름다움을 몸에 채웠다고 생각했다. 언제나 바다보다 산이 더 좋다고 외쳐 왔는데, 이때를 분기점으로 무게중심이 바다 쪽으로 이동했을 정도다. 이름도 모를 일본의 작은 해변에 도착해 바라본 하늘과 바다의 빛은 순식간에 내 의식 너머로 쏟아져 들어왔다. 세포 하나하나가 기쁨에 휩싸여 꿈틀거린다. 이 순간을 방해하지 않겠다는 듯 목소리마저 나오지 않았다. 모래 위에 앉아서, 오늘이라는 해가 건너편 섬을 넘어 사라지는 동안 배웅하는 마음으로 가만히 바라보았다. '오츠카레사마데시타. 마타 아시타!(お疲れ様せした! また明日! 수고했어요. 내일 다시 만나요!)'

해가 지고 난 후의 하늘도 바다도 한참 동안 진주를 가득 흩뿌려 놓은 것처럼 오묘한 색으로 반짝였다. 무언가를 바라볼 때 우리는 각자의 머릿속에서 각기 다른 색을 채워 넣는다고 한다. 어쩌면 모두들 조금씩 다른 바다를 보고 있을지도 모른다. 재밌기도 하고 외롭기도 하다.

지는 해를 바라보던 고우가 귀중한 물건을 찬찬히 꼼꼼하게 바라보는 행동을 뜻하는 일본 단어를 알려 주었다. 미타테(見立て), 다시 봄. 그는 '미타테' 하는 마음을 사랑이라고 말했다. 타인을, 자연을, 세상을, 하나도 놓치지 않으려는 듯 조심스럽게 구석구석 바라보는 것 자체가 사랑의 행위라고. 사진을 찍으면서 그리고 사랑하는 사람과의 관계와 시간을 통해 깨달았다고 한다.

미국의 예술가 줄리아 캐머런이 쓴 《아티스트 웨이》에서 내가 가장 좋아하는 대목인 할머니와 나눈 편지가 떠올랐다. 줄리아 캐머런은 할머니가 여든에 돌아가시기 직전까지 주고받은 그 편지를 "꽃과 나무의 보고서"라고 불렀다. 꽃과 새와 계절의 변화가 길고 장황하게 이어지는 편지 속에는 고된 생활의 구체적인 흔적이 녹아 있다. 삶의 물살에 발을 담그고 '관심'을 놓지 않는 캐머런의 할머니는 내가 언제까지나 따르고 싶은 모습이다. 아무리 아름다운 장면과 순간이라도 흘러가 버리고 만다. 해를 배웅하며 머문 그날의 시간이 손가락 사이로 다 빠져나가 버리더라도, 각자의 삶 속에서 관심이라는 사랑의 행위를 이어 가는 감각만큼은 몸에 남았으면 하고 바랐다.

대학 시절 '어떻게 살 것인가'라는 주제로 썼던 리포트가

생각이 났다. 'Maximized Life'라는 제목이었다. 경험주의
자로서 온갖 경험에 나를 활짝 열어 최대한의 삶을 살고 싶
다는 내용으로 기억한다. 말이든 글이든 마음에서 꺼내어
놓으면 주문이 되고 기도가 된다. 당장 이루어지지 않는다고
조급해할 필요가 전혀 없었는데, 내내 조급해하며 살아왔
다. 해가 지고 바람이 부는 장면이 매일 반복되지만, 어쩌면
스무 살에 리포트에 적은 그 주문 덕분에 오늘 이 바다를 만
날 수 있었던 건 아닐까. 능동적이고 적극적인 삶이 전혀 아
니었는데, 돌아보면 내 몸 구석구석에 특별한 경험들이 새
겨져 있다.

밤에는 고우와 그의 친구 CJ에게 이끌려 모르는 사람의
송별회에 가게 되었다. 공장지대 한가운데에서 빛나는 작
은 불빛을 따라 들어가니 클럽이 있었다. 밤새 시끄럽게 굴
어도 전혀 문제가 되지 않을 위치다. 남아프리카공화국에서
온 필립이 곧 오노미치를 떠나게 되어, 그의 친구들이 악기
를 하나씩 가져와 즉흥 잼을 하는 자리였다.

"처음 뵙겠습니다, 안녕히 가세요." 남아공 사람에게 일
본어로 만날 때 하는 인사와 헤어질 때 하는 인사를 동시에
건네고 곧이어 음악에 빠져들었다.

기타 두 대와 베이스 두 대, 건반과 드럼 세트, 이름 모

를 일본 전통 악기들이 모였다. 이 전통 악기는 소리를 내려면 온도를 맞춰 줘야 한다며, 누군가 난로 앞에서 나무 악기를 손으로 주무르고 있다. 언제 끝날지 아무도 모르는 음악에 모두가 귀를 기울이고 몸을 흔든다. 나중에는 래퍼까지 등장했다. "이런 게 되는 곳은 여기밖에 없으니까 놀자, 놀자, 놀자!" 랩 가사에 맞춰 다 같이 손을 번쩍 들어 위아래로 흔들었다.

오노미치 이야기로 작은 매거진을 만들 계획이라는, J라는 친구에게 내가 부산 배급을 맡겠다고 큰소리쳤다. 그랬더니 "너도 오노미치를 소재로 글을 써서 책을 만들어 봐!"라는 대답이 돌아왔다. 말만 하면 뭐든지 이루어질 것 같은 오노미치의 (진짜) 마지막 밤이 한 번 울리면 사라지는 즉흥 음악에 실려 둥둥 떠다녔다.

클럽에서 나와 고요한 숙소로 되돌아온 새벽. 온갖 우연이 가져다준 색과 소리와 말을 머릿속에서 돌려보고 또 돌려보느라 좀처럼 잠들지 못했다.

마음이 닿아
넘쳐흐르는

이번 여행에서 처음으로 늦잠을 잤다. 눈을 떴더니 체크아웃 시간이라 깜짝 놀라 침대에서 스프링처럼 튀어 올랐다. 순간 초능력이 생긴 건지, 나갈 준비를 하고 짐을 싸는 데 딱 5분 걸렸다. 킷챠우이가 문을 닫기 전에 가야 했기 때문에 부랴부랴 달렸다. 조용한 가게에서 마감 준비를 하던 도이가 나의 간절한 표정을 읽고는 활짝 웃으며 두부 완자 정식을 차려 주었다. 무려 비건식이다. 전날과 같이 주방 가까운 자리에 앉아서, 도이와 수다를 떨며 늦은 아침밥을 먹었다.

킷챠우이라는 상호가 특이해서 무슨 뜻인지 물어보았다. 도이는 커피를 파는 일본식 카페를 '킷사텐(喫茶店)'이라고 부른다는 점에 착안하여, 커피 말고 차를 내는 곳이니 '사'를 '차'로 바꾸어야겠다는 말장난을 떠올렸다. 가게라는 뜻의 '텐' 자리에 넣은 '우이'는 '처음'이라는 뜻인데 자신이 쉽게 오만해지는 성향이라 첫 마음을 기억하자는 의미로 지었다고 말했다. "어, 나도 쉽게 오만해지는 타입인데!" 웃으며 맞장구를 쳤다.

꾹꾹 눌러 천천히 이야기를 이어 가는 도이의 목소리와 말투가 그녀의 음식처럼 따뜻하게 몸에 스며드는 게 좋아서 자꾸만 질문을 하게 된다. 오노미치 사람들은 하나같이 다 친절한 것 같다는 내 말을 듣고 미소를 짓던 도이는 천천히 차를 따르고 나서 이렇게 말했다. "사람은 시간이나 마음의 여유가 있으면 누구나 친절할 수 있을 거야." 도쿄 근교에서 직장 생활을 하다가 오노미치로 이주한 도이의 경험에서 우러나온 말이었다. 전에는 요리할 시간이 전혀 없는 생활을 하다가 이 마을에 오고 나서 요리에 흥미를 느꼈고, 지금은 가게까지 차리게 되었다. 흥미진진한 이야기를 배경음악 삼아 오늘도 내 앞에 차려진 모든 그릇을 깨끗하게 싹싹 비웠다.

도이는 한국 요리를 먹어 보고 싶다고 했다. 이다음에 오노미치에 오게 된다면 만들어 주기로 약속했다. 선물로 내 3집 앨범을 주고 싶어서 숙소에 맡겨 둘 테니 나중에 찾아가라고 했다. 꼭 다시 만나자며 양손을 크게 흔들며 마지막 인사를 하고 나왔다.

숙소에 거의 도착했을 무렵 맙소사, 밥값을 내지 않았다는 걸 깨달았다. 부리나케 숙소로 달려가 히로에게 나 대신 킷챠우이에 연락해서 정말 미안하다고, 금액을 알려 주면 숙소에 맡겨둘 테니 찾아가라는 메시지를 전해 달라고 부탁했다. 잠시 후 도이는 3집 앨범과 아침밥을 물물교환하자는 답을 보내왔다.

도이에게 줄 선물과 메모를 남기고, 히로가 내려 준 마지막 커피를 마시고, 배웅 못 해 미안하다는 타마와의 마지막 통화를 마치고, 오노미치역으로 향했다. "오노미치는 여행하는 것보다 살기에 더 좋은 곳이야!" 내 등 뒤로 히로의 마지막 말이 들렸다.

고우가 오노미치역으로 나와 주었다. 배웅보다 훨씬 좋은 해변의 노을을 나에게 선물하고도, 고우는 처음 했던 약속을 잊지 않았다. "이내가 일본어를 배워서 정말 다행이야." 어제 헤어지며 고우가 말했었다. 내년에 워킹홀리데이로 뉴질랜드에 가고 싶다는 그에게 외국어를 몸에 익히는 게 이렇게 좋은 일이라는 걸 보여 준 것 같아 기뻤다.

고우가 사진이 담긴 봉투 하나를 건넸다. 여행 중에 찍은 사진 몇 장을 골라 편의점에서 인화한 선물이었다. 삐뚤빼뚤한 한글로 '감사합니다'라고, 그 아래에는 'Raise your vibration'이라고 쓰여 있었다. '너만의 박동을 일으켜'는 고우의 시그니처 문구였다. 눈물이 나려는 걸 겨우 참았다.

우리 건강만큼은 잘 챙기자고, 어디선가 꼭 다시 만나자며 마지막 인사를 나누었다. 모두가 움직이는 대합실에서 사진기를 들고 멈추어 서 있는 고우의 모습이 오노미치의 마지막 장면으로 남았다.

기차에 앉아 사진을 천천히 들여다보았다. 고우만의 리듬이 사진과 삶으로 울려 퍼지기를 마음으로 빌고 있는데, 타마에게 메시지가 도착했다. 오노미치에 와 주어 고맙다고, 내가 이야기했던 "자신이 되고 싶다"는 말을 잊지 못할 거라고. 참았던 눈물이 쏟아져서 엉엉 울어 버렸다. 이렇게 짧은 시간 동안 마음과 마음이 닿아 넘쳐흐를 수 있다니. 정말로 누군가 오노미치에 마법을 걸어 둔 것일까.

"부산에 갈 테니까 기다려. 우리 오노미치와 부산을 이어 보자!" 타마의 마지막 메시지에 "기다릴게. 이어 보자! 이을 거야!"라고 답장했다.

순간만 모으고 사는 내가, 과거는 다 내팽개쳐 버리는 내가, 과연 할 수 있을까. 나를 너무 잘 알아서 솔직히 자신은 없다. 그저 지금 이 순간 할 수 있는 것들을 이어 갈 뿐이다. 내 머릿속으로는 셈할 수 없는 어떤 형태의 결과물이 현재가 되어 나타나지 않을까. 관심이라는 사랑을 담아 나 자신의 박동을 따르는 매일을 살아가다 보면.

여행 다음의
인생

　　　후쿠오카 여행에서 돌아온 후 어느 날, 인스타그램 프로필에 "오노미치를 중심으로 활동하는 영화감독"이라고 써 둔 누군가가 나를 팔로우했다. 궁금해서 링크를 따라가 보니 영상 섬네일에 지난 오노미치 여행에서 만난 타마의 얼굴이 있다.

　　오노미치 친구들한테 내 이야기를 들었나 보다, 하고 별생각 없이 필모그래피를 살피다가 깜짝 놀라서 벌떡 일어났다. 나를 팔로우한 그 영화감독이라는 사람은 20대 시절에 나와 영국 런던에서 같은 영화학교에 다녔던 동창이자 수업에 제출해야 하는 나의 영상 과제에 무려 출연도 해주었던 일본인 친구 토시였다. 런던 생활 이후 얼마 만인가!

곧바로 타마와 메시지를 주고받았다. 어떻게 이런 일이 있냐고. 알고 보니 토시는 히로와 타마 가족과 매우 가까운 사이란다. 14년 만에, 영어가 아닌 일본어로 토시와 라인 메신저로 대화를 나누고 팔에 돋은 소름이 2주 동안 없어지지 않았다.

현재 토시는 독립 다큐멘터리를 만들고, 마을 만들기 활동을 하고, 자연농법으로 농사를 짓고, 생태친화적인 소수 정당 활동에도 참여하고, 대학교에서 영상 제작을 가르치는 등 다채로운 활동을 한다.

내가 처음 만났던 20대의 토시는 음악을 하다가 밴드 생활에 염증을 느껴 무작정 영국으로 날아온 멋있고 자유로운 예술가의 얼굴을 하고 있었다. 그의 삶을 완전히 다른 방향으로 바꾼 건, 동일본대지진과 후쿠시마원전사고였다. 유럽에서 접한 고국의 비극적인 소식은 젊은 토시의 마음을 크게 흔들었고 귀국을 결심하게 했다. 나아가 그는 자신의 예술 활동이 사회를 변화시키는 데 사용되기를 바랐다.

오노미치에서 원전반대운동을 하는 노부에 씨의 이야기를 담은 토시의 첫 장편 다큐멘터리 〈슈퍼 로컬 히어로〉가 바로 그 시작이었다. 토시가 자기 작품을 볼 수 있는 링크를 몇 개 보내 주었다. 친구가 만든 다큐를 보면서 가슴이 얼마나 뛰었는지 모른다. 특히 〈슈퍼 로컬 히어로〉는 오노미치에 대한 나의 사랑을 더욱 부채질해 주었다.

오랫동안 오노미치에서 작은 레코드 가게를 운영해 온 노부에 씨는 변변한 공연장 하나 없는 시골 주민들에게 축제 같은 라이브 공연을 만들어 주고 싶어 도쿄와 오사카의 인디 음악가들을 초청했다. 마을회관을 빌리고 동네 청년들의 자발적인 참여를 얻어 지역 문화를 새로운 방식으로 만들어 갔다. 원래도 마을에서 일손이 필요하면 자신을 드러내지 않고 조용히 나서던 그였는데, 동일본대지진 이후로는 원전반대운동에 적극적으로 참여하게 되었다. 아침저녁으로 파트타임 근무를 해서 번 돈으로 후쿠시마 피난민들을 지원했다.

영화의 주된 주제는 원전반대였지만, 토시는 그것만으로는 많은 사람에게 닿기 어렵다고 느꼈다. 갑작스럽게 사회운동에 뛰어든 토시는 좀 더 영리한 방식으로 영화를 만들어야겠다고 결심했다. 노부에 씨와 음악가들의 관계, 인구 소멸을 지역 활동으로 재탄생시켜 주제의 범위와 재미의 폭을 넓혔다. 노부에 씨가 만든 공연 영상, 그때는 유명하지 않았지만 지금은 유명해진 음악가들의 인터뷰 등 마침 사용할 수 있는 자료가 많았다.

토시의 작전은 성공이었다. 〈슈퍼 로컬 히어로〉는 일본 전역의 커뮤니티 시네마(공동체 상영)를 통해 다양한 관객을 만날 수 있었고, 그때마다 토시는 원전반대라는 본심을 전했다. 영화 제작과 상영 활동의 이야기를 담은, 같은 제목의 책도 만들어 사회를 바꾸어 나가자는 메시지를 더욱 멀리 발신했다.

영화도, 그 영화를 만든 토시의 사연도 너무 재미있어서 흥분이 가시질 않았다. 무엇보다 말이 너무 잘 통했다. 영상과 노래라는 도구는 달랐지만, 세상과 삶을 바라보는 관점과 그동안 해 온 활동에서 우리는 겹치는 게 아주 많았다. 선물로 받은 《슈퍼 로컬 히어로》 책에 토시가 써 둔 자기소개의 마지막 글귀는 내 노래의 거의 모든 주제와 같았다. "자신만의 한 걸음을 내딛는 용기를 준다"는 것이었다.

하지만 오노미치로 이주하고 10여 년간 다양한 활동을 이어 온 토시는 지친 듯했다. 육아와 가족에 대한 책임감으로 소모되기도 했고, 변화가 없는 사회가 매너리즘을 가져다준 모양인지 요즘 들어 창작 욕구가 조금 없어졌다고 말했다.

언젠가 이내와 뭔가 재밌는 일을 하면 좋겠다는 토시의 말을 덥석 붙잡아, 일본과 한국의 지역을 잇는 무언가를 하고 싶다는 나의 꿈 곁에 나란히 두었다.

우선 〈슈퍼 로컬 히어로〉를 한국에 소개할 궁리를 하는 것부터 시작이다.

당시 나는 팬데믹 시기에 골목을 걸으며 발견하고 생각한 것들을 써 둔 글을 모아 독립출판물 《길과 말》을 만드는 중이었다. 여행에서 돌아온 후 이 책을 완성할 수 있었던 건 오노미치에서 만난 여행자 고우 덕분이다. 무슨 말이냐면, 글만 써 두고 출판을 미루고 있었는데 고우의 사진을 넣음으로써 책이 완성된 것이다. 고우가 오노미치에 머무는 동안 찍어 둔 사진을 몇 달 후 이메일로 받았고, 그 사진은《길과 말》 책자에 인쇄되었다. 고우에게서 배워 자주 쓰게 된 인사처럼 모든 게 '덕분(おかげさまで)'이었다.

책 표지에는 커다란 가방을 메고 다음 여정에 나서는 나의 뒷모습이 담겨 있다. 오노미치의 구석구석에 닿은 고우의 시선이 느껴지는 다른 사진들도 책의 마지막에 부록으로 모두 실었다. 사진 덕분에 얇은 책에 깊이가 더해졌다. 우편으로 자기 사진이 실린 책을 받아 본 고우는 기뻐하며 "계속해서 만드는 사람으로 살아가자"라는 응원의 메시지를 보내주었다.

　　기억하기 위해 누구는 사진을 찍고, 그림을 그리고, 글을 쓴다면, 나는 노래를 만든다. 일본 여행에서 소중하게 담아 온 순간을 가사에 실어 〈여행의 노래〉를 만들어 보았다. 무려 일본어로!

여행의 노래(旅の歌)　　　　이내 작사·작곡

바람을 좇아 우연을 기다려 風を追って偶然を待ってる

필요한 건 기울인 귀 要るのは傾けた耳

여기저기 벚꽃처럼 피어난 사람들 あちこち桜みたいに咲いた人々

"기다렸어" 말 안 해도 알지 「待ってたよ」 言わなくても分かる

커피가 따뜻해 コーヒーがあったかい

이야기가 맛있어 話が美味しい

국경 따위 잊어버리고 境目なんかわすれちゃって

사람으로 만나자 人として会おう

모든 건 선물이구나 すべてすべてがプレゼント

모든 건 덕분이구나 すべてがお陰様で

기차를 타고 건너편 섬에 電車に乗って向かい島へ

자전거 페달에 바다 냄새가 チャリのペダルに海の匂いが

여기저기 닿는 웃는 얼굴들 *あちこち触れる笑顔*

“다시 만나자” 그러니 분명 이어져 *「またね」だからきっと続く*

아침밥이 힘을 줘 *朝ご飯に元気が出る*

노래는 힘이 세 *歌は力強い*

시간 따위 잊어버리고 *時間なんか忘れちゃって*

지금 여기에 살자 *今ここに生きてよう*

모든 건 사랑이구나 *すべてすべてが愛だよ*

모든 건 이어져 있구나 *すべてが繋がってるよ*

말을 심은 자리에
싹튼 것

토시가 만든 다큐 〈슈퍼 로컬 히어로〉를 한국에 소개하고 싶다는 내 생각의 씨앗은, 예상보다 빨리 싹을 틔웠다. 2023년 11월 25일, 서울 관악구에 위치한 영화책방 관객의 취향에서 '퇴근길 인문학-나의 작은 극장에서'라는 주제로 작은 상영회가 열렸다.

당시 나는 《아티스트 웨이》라는 책의 내용을 따라 온라인으로 창조성 워크숍을 진행하고 있었다. 하루는 모임 멤버들에게 오노미치를 통해 다시 만난 토시 이야기와 그가 만든 영화를 한국에서 상영하고 싶다는 소망을 말했다. 그 모임 멤버였던 관객의 취향 대표님이 로컬 프로그램을 기획할 때 영화를 상영할 기회를 마련해 준 것이다. 여건상 한국에

올 수 없었던 영화감독 토시를 대신해 내가 프로그래머로서 상영회의 진행을 맡았다. 친구의 영화를 한국 관객들이 어떻게 받아들일지 궁금해서 반응을 살피느라 상영 시간 내내 온몸의 감각이 바삐 움직였다.

일정이 맞지 않아 오지 못한 제주도에 사는 친구는 대신 귤 한 박스를 보내왔다. 10명 남짓한 사람들이 난롯가에서 귤을 까먹으며 토시의 영화를 보고 감상을 나누었다. 난롯불과 귤의 색깔만큼이나 따뜻한 시간이었다.

앞서 소개했던 영화는 작은 레코드 가게를 운영하며 지역 문화를 새롭게 만들어 온 노부에 씨가 원전반대운동에 적극적으로 나서게 되는 과정을 담았다. 노부에 씨가 루돌프 옷을 거꾸로 입었을 때는 다 같이 웃었고, 에고래핑(EGO-WRAPPIN') 공연에서 가림막 대신 노부에 씨의 몸과 꽃이 무대의 울타리가 되는 장면이 나왔을 때도 역시 함께 웃었는데, 그 웃음의 마지막에 하나둘 눈물을 훔치기도 했다. 내가 만든 것도 아닌데 사람들의 마음을 움직이는 영화라는 생각에 어깨가 으쓱해졌다. 상영이 끝나고 관객들 모두가 입을 모아 '특별한 경험'이었다고 말했다.

"자연스럽게 스며드는 구성이나 감각적인 편집과 음악이

좋았어요.”

“사람들과 어우러져 살아가는 게 진정한 삶이라는 생각이 들었어요.”

“노부에 씨처럼 자기답게 자기 마음으로 살아가는 게 중요하다는 깨달음을 얻었습니다.”

“10여 년 전 영화지만 후쿠시마 오염수 방류가 시작된 현 상황에서 너무나 필요한 영화 같아요.”

“이 영화를 한국에서 더 많은 사람들이 더 봤으면 좋겠습니다.”

한 관객은 책방 관객의 취향이 마치 노부에 씨의 레코드가게 ‘레이코도’ 같다며, 책방과 잘 어울리는 영화였다는 감상을 남겼는데 특별히 기억에 남는다. 모두가 자기 자리에서 작게라도 용기를 내서 한 걸음이라도 걷기를 원한다는 감독 토시의 바람이 영화를 통해 한국의 관객들에게도 고스란히 전달된 것 같아 기뻤다.

무언가 강렬한 감동이 열기를 가득 담은 아이디어가 되더라도, 그 아이디어가 실현되는 과정에서 점점 그 열을 잃어 가기 마련이다. 쉽게 감탄하는 내 천성에 감사하지만, 손실되는 열정만큼 자책이나 후회도 큰 터라 나는 늘 아이디어를 실현하는 에너지의 출처가 궁금했다. 이번 상영회를 통해 나의 오랜 궁금증을 풀 실마리를 조금 얻게 되었다. 아이디어를 혼자서 실현할 능력이 없는 나 같은 사람에게 딱 맞는 방법은 여기저기 말을 날려 보내는 것이다. 마치 민들레 씨앗이 정처 없이 바람을 타고 퍼져 나가는 것처럼 말을 뿌린다.

한편 나와 함께 재밌는 작당을 해 보고 싶다던 토시의 말이 씨앗이 된 일도 있다. 부산의 영상예술집단 '탁주조합'으로부터 서신교환 프로젝트를 제안받았을 때다.

후쿠시마 오염수 방류 문제에 대해 예술로 고민해 보는 프로젝트 '어떤 물길'에서 세계의 다양한 예술가 사이에 편지가 흐르는 모습을 그린다고 했다. 편지를 주고받을 일본인을 추천해 달라는 요청을 받았을 때 토시를 떠올린 건, 그에게서 건네받은 말의 씨앗 때문이었을 거다.

나는 편지와 함께, 후쿠시마 오염수 방류를 반대하는 컴필레이션 앨범에 참여해 만든 노래 〈까만 바다〉를 보냈다. 토시는 〈서로 울리는 세계 RESONANCE〉라는 신작 영화의 한 장면을 보내 주었다. 각자가 처한 답답한 상황과 고민을 바다 건너 흘려보내는 시간이 서로에게 자극과 위로가 되어 준 고마운 기회였다.

　마지막 편지에서 토시는 서울의 작은 책방에서 열린 상영회 후기에 기뻐하며, 팬데믹으로 인해 상영이 어려웠던 신작이 오노미치 영화제에서 상영된다는 반가운 소식을 전했다. 그리고 나도 부산의 작은 카페에서 〈슈퍼 로컬 히어로〉 상영회를 가질 계획이라고 알렸다. 프로젝트 어떤 물길을 통해 세계를 오간 편지들은 전시되었다가 책에 수록될 예정이다.

　아이디어의 씨앗은 언제 어떻게 퍼져 나갈지 모른다. 그러니 열량 가득한 말을 더욱 퍼뜨려 볼 생각이다.

2부
아리타에서 우리는

지나가는
것들

노래는 어디에서 오는 걸까. 10년 넘게 노래를 만들고 또 부르고 있지만 여전히 모른다. 첫 곡을 만들었을 때는 그저 신기한 마음이었다. 또 만들어 보라는 친구의 권유로 두 번째 곡을 만드니 세 번째도 가능할 것 같았다. 세 번째 노래는 〈가만히 #강정〉이다. 강정해군기지반대운동을 하러 제주에 간 친구를 떠올리며 만들었다. 부산 신세계백화점 아이스링크 옆에 있는 카페에서 아르바이트를 하던 때였다. 대체로 손님이 없는 한가한 매장에서 이런저런 웹사이트를 찾아다니며 하나도 이해가 되지 않는 화성학에 대한 자료를 찾아보고 머리를 싸매던 기억이 있다(결국 이해 못 함). 친구들과 모여 놀던 아지트 한편에서 어쨌든 곡을 마무리 지었다. "완성했다!"를 외치며 친구들 앞에서 처음으로 노래를 불렀다. 세상을 바꾸는 힘 따위는 하나도 없는 노래 한 곡이지만 그간 여러 장소에서 불러 왔다. 강정에서도, 밀양에서도, 커다란 야외 공연장에서도, 작은 책방에서도.

나는 일기나 편지로 노래를 만든다. 작은 이야기가 글로 남겨지면, 노래 만들 궁리를 시작한다. 노래의 구조는 단순하다. 어릴 때부터 많은 노래를 부르고 살아와서인지 기본적인 틀은 몸이 이미 알고 있는 것 같다. 벌스라고 부르는 덩어리의 반복, 그리고 후렴이 되는 코러스로 노래는 이루어진다. 코러스 없이 벌스가 반복되는 노래도 있다. 꼭 어떤 규칙에 들어맞지 않아도 들었을 때 노래 같으면 노래다. 기타로 새롭게 배운 코드 진행이 있으면 이런저런 리듬 주법을 바꿔 가며 연습해 본다. 거기에 무작정 가사를 흥얼거리면 멜로디가 만들어진다. 각 벌스마다 약간씩 변화를 주는 게 재밌는 과정이다. 어디선가 빌려 온 코드지만 이리저리 손가락을 움직여 한두 음을 바꿔 보면 듣기 괜찮은 소리가 만들어지기도 한다. 그 괜찮음이 뭔지는 모르는 채로.

노래가 만들어지는 과정에서 가장 중요한 게 하나 있다. 중간에 멈추면 안 된다. 일단 시작했으면 한 곡은 끝까지 완성해야 한다. 악보로 그릴 능력이 없기 때문이라는 이유도 있다. 지나가 버리면 기억이 나질 않는다. 악보 대신 내가 사용하는 것은 스마트폰 녹음 기능이다. 이리저리 반복해서 부르다 보면 자연스럽게 멜로디가 가사에 붙는다. 공기 중에 날아다니던 음률이 알아서 제자리를 찾아가는 것 같다. 내 안에서 나오는 게 아니기 때문에 무조건 지나가는 것들을 붙들어 녹음을 해 두어야 한다. 시작부터 끝까지 자연스럽게 이어지도록 연습과 녹음을 반복한다. 녹음된 걸 들으면서 다시 배우고 익힌다. 변함없이 그렇게 노래를 만들고 있다.

세월이 흐르면서 자연스레 생긴 변화도 있다. 내가 변하는 만큼 노래도 변한다. 말이 많아지기도 하고 없어지기도 하고, 새로운 생각이 찾아오기도 한다. 계속 내 이야기로 노래를 만들다 보니 자기 과잉에 좀 질렸던 때가 있었다. 방법을 바꾸어 외우고 싶었던 시나 친구들이 쓴 글을 노래로 만들어 보니 꽤 마음에 들었다. 공연에서 "가사를 보내 주면 노래로 만들게요"라고 말해서 실제로 가사를 받은 경우도 있었다. 내가 쓴 글보다 훨씬 근사해 보였다. 그렇게 내가 쓰지 않은 가사로 만든 노래가 하나둘 늘어났다. 백석의 시에 곡을 붙인 〈바다〉, 미야자와 겐지의 시로 만든 〈비에도 지지 않고〉는 어느 자리에서 불러도 잘 어울려서 사랑을 받았다.

친구가 메일로 보내온 가사로 만든 〈위로의 맛〉과 〈지나가
는 것들〉은 내 최애 곡들이다.

혼자 다 하지 않아도 된다는 안심이 생겼다. 타인의 시선
으로 나를 넘어서는 경험을 할 수 있어서 좋았다. 하지만 어
떤 상황이든 한 가지 감정만 불러일으키지는 않는다. 입 밖
으로 자주 꺼내어 말하지는 않았지만, 타인과 나를 비교하
는 마음과 질투심에 종종 괴로워했다. 노래가 좋다는 말을
들으면 내가 쓴 가사는 유치해서 다른 사람이 가사를 쓴 곡
을 더 좋아해 주는 것 같아 침울해졌다. 음악을 모른다는
콤플렉스도 있어서 다른 음악가와 공연할 때마다 마음 한
편에서 나 자신을 깎아내렸다. 이런 마이너스의 감정은 소량
이었기에 겉으로 드러내지는 않았다. 실제로 타인과 내가 서
로 연결되어 이어지는 즐거움이 훨씬 크기도 했으니까. 내가
느끼는 감정에 상관없이 어쨌든 계속한다는 약속을 해 둔
게 천만다행이었다. 시간이 흐르고 다양한 경험이 더해지면
서 여러 겹의 감정을 분리하지 않고 받아들이는 연습을 자
연스레 해 왔던 것 같다.

내가 쓴 책 《모든 시도는 따뜻할 수밖에》를 읽은 독자
들에게 너무 비현실적이라는 피드백을 종종 받는다. 독립
책방 이후북스 친구들과 책을 만들면서 2탄은 《모든 시도

는 차가울 수밖에》로 지어야 한다는 우스갯소리를 나누기도 했다. 분명 나에게는 좋은 것을 더 많이 이야기하는 버릇이 있다. 나쁜 게 없다는 뜻은 아니다. 좋은 걸 확대해서 보다 보면 더 좋아지기도 하고 좋은 방향으로 나아가게 되기도 한다. 하지만 최근에 우울이 지속되면서, 비록 소량이라 해도 내 안에 고이는 마이너스의 감정들을 잘 들여다봐야겠다는 생각이 들었다. 감정이 분명히 거기 있는데 없는 것처럼 덮어 버리지는 말자고. 그 어두운 마음의 자리에서 타인과 더욱 공감하고 연결되어 나아가게 하는 힘이 생기기도 한다. 빛도 어둠이 없으면 쓸모를 잃어버린다.

쓸쓸할 때 혼자 불러 보는 노래가 있다. 친구가 가사를 쓴 〈지나가는 것들〉이다. 시간 속에 살면서 늘 무언가를 흘려보낸다. 타이밍이 맞아떨어지는 건 언제나 찰나일 뿐. 이 가사를 내가 쓰지 않아서 더욱 위로가 된다. 따로 부탁하지도 않았는데 엔지니어가 친형에게 연주를 부탁해서 음원에 베이스를 넣어 주었다. 들을 때마다 함께 만든 손길이 느껴져서 따뜻하다.

지나가는 것들　이내 작곡·황부농 작사

가로등이 고장 난 버스정류장
오지도 않는 버스를 기다렸어
아니, 이미 떠나간
내가 늦은 건지, 너무 빠른 건지
알 수 없는 곳

녹슨 나무 벤치에 걸터앉아
초침이 부러진 시계를 본다
나는 멈췄는데
지나가는 시간이라니
붙잡고 있는 건 붙잡을 수 없는 것

알 수 없는 걸 알고 싶어서
계속 본다, 계속 걷는다

지나가는 것들 나를 남기고
떠나가는 것들 나를 남기고
지나가는 것들 나를 남기고
떠나가는 것들 나를 남기고

지나가는 것들
떠나가는 것들
지나가는 것들
나를 남기고

우연을
운명으로

누군가 나를 인터뷰하며 "오늘 공연은 어떠셨나요?" 하고 묻는다면 내 대답은 한없이 길어질 게 분명하다. 나는 짧게 대답하는 방법을 모른다. 어떤 인연으로 공연을 하게 되었는지만 이야기하려 해도 꼬리에 꼬리를 무는 인물이 등장하고, 이번 공연에서의 인연이 앞으로 어떻게 이어질까를 상상하면 시작과 끝을 가늠하기 어려워진다. 어느 선에서 적당히 필요한 내용만 잘라서 이야기할 수 있는 게 이 복잡한 세상을 살아가는 능력이다. 나는 애저녁에 글렀다. 다만 '우연'을 '운명'으로 여기는 습관을 서바이벌 키트(survival kit) 삼아 근근이 살아간다. 생존 전략은 살면서 일어나는 눈곱만한 일들에도 운명의 딱지를 붙여 소중히 여기고 다루는 것.

　부산에 음악을 테마로 운영하는 독립서점 스테레오북스가 있다. 광안리 근처 주택가 어느 모퉁이에 고즈넉하게 자리한 책방의 분위기를 기억한다. 몇 년 전에 광안리에서 온천천 카페거리 근처 주택 건물 2층으로 장소를 옮겼는데, 바뀐 공간 역시 느낌이 좋다. 광안리 시절에 스테레오북스에서 두 번 정도 공연할 기회가 있었다. 그때 사장님이 책방 동업자라며 남아프리카공화국에서 온 외국인을 소개해 주었다. 어느 날 그에게 메시지가 왔다. 책방이 있는 건물 1층에 새로 시작한 와인바 사바나에서 작은 공연을 열고 싶다는 내용이었다. 시간이 맞으면 조건에 상관없이 '예스'를 하는 게 나와의 약속이기 때문에 수락은 했지만 걱정이 밀려왔다. 술이 있는 자리에서 하는 공연에 안 좋은 기억이 좀 있어서다. 조용하고 느린 가사 중심의 내 노래는 취한 사람들의 흥과 높아진 목소리에 잘 어우러지지 못했다. 그런데 이번 공연 제안은 조금 달랐다. 가게를 운영하느라 고생하는 매니저 써니 님에게 위로가 되는 공연이었으면 좋겠다는 말을 들은 것이다. 어쩐지 마음에 용기가 생겼다.

　공연 포스터를 인스타그램에 올리면 많은 사람이 '좋

아요'를 눌러 준다. 빨간 하트의 개수는 중독적이다. 취하게 된다. 하지만 그게 허수임을 깨닫는 데는 그리 오래 걸리지 않는다. '좋아요' 수가 100개라면 그중 실제 공연에 오는 사람은 1명 정도다. 나는 10명 정도 모이는 공연을 가장 좋아하는데, 이 계산에 따르면 하트를 1,000개를 받아야 한다. 그러니까 나에게는 인스타그램 홍보가 굉장히 비효율적인 방식이다. 또 다른 문제는 10명 정도 모이는 공연으로는 누구도 이익을 얻지 못한다는 것. 아무도 보러 와 주지 않을 거라는, 그리고 이렇게 공연해서는 먹고살 수 없다는 두려움은 늘 내 작은 공연과 세트를 이룬다.

언젠가 음악가이자 작가이자 배우인 호시노 겐의 라디오 프로그램 〈올나이트닛폰〉에 그가 존경하는 음악가 호소노 하루오미가 출연한 적이 있다. 호소노 하루오미는 관객이 한 명도 없었던 어느 공연 이야기를 들려주었다. 노래를 부르고 있으니 고양이 세 마리가 들으러 왔단다. 그 말에 다 같이 웃었다. 뒤이어 그가 말했다. 아무도 듣지 않는 노래라도 자기 자신이 듣고 있다고. 아아, 내가 듣고 있구나! 호소노 하루오미의 말을 만난 이후로 노래 부르는 게 더 좋아졌다.

떨리는 마음으로 사바나에 도착했을 때, 작고 다정한 공간의 테이블에는 몇몇이 앉아 있었다. 멀리 대구에서 자신의 친구들을 데리고 온 다정한 친구, 스테레오북스 공연에서 만났던 얼굴, 처음 보는 맑은 얼굴의 연인, 아무도 안 올까 봐 내가 데려간 고마운 동네 친구, 그리고 오늘의 주인공인 써니 님의 환영을 받으니 두려움이 스르륵 녹아 버렸다. 오랜만에 노래 위주의 오롯한 공연을 했다. 갓 만든 〈걷는 섬〉을 불렀더니 처음 보는 분에게 꼭 음원으로 만들어 달라는 부탁을 받았다. 매니저 써니 님이 만들어 준 멋진 공연 포스터는 롤링 페이퍼가 되어 저마다의 이야기를 새긴 채 사바나의 한쪽 벽에 남았다.

언제부터인가 공연을 할 때 느끼는 부끄러움이 조금 덜해졌다. 노래를 만들어 사람들 앞에서 부르기 시작하고 처음 5년 정도는 실제로 손을 바들바들 떨면서 노래를 불렀다. 공연을 꽤 많이 했는데도 나아질 줄을 몰랐다. 오히려 떠는 모습을 특화했다. "첫 세 곡은 버리는 곡이에요", "그래서 〈수전증〉이라는 노래도 만들었잖아요"라고 너스레를 떨면서 긴장하는 모습을 그냥 인정해 버렸다. 눈치챌 수 없을 만큼 서서히 자라는 아이들처럼, 나도 모르는 사이 조금씩 나아졌다. 아직도 정면을 보거나 누군가의 눈을 보면서 노래를 부르지는 못한다. 나중에 정말로 할머니 포크가수가 되면 부드러운 눈길로 앞에 있는 사람을 바라보며 노래할 수 있게 될까. 눈 깜빡할 새 지나가 버린 10년이다. 또 다른 10년을 계속 노래하면 또 어떤 내가 만들어질지 궁금하다.

몇 년 후, 포근한 사바나에서 두 번째 공연을 했다. 옛 친구와 새 친구가 한자리에 모였다. 나는 '손님'이나 '관객'이라는 단어가 들어갈 자리에 '친구'를 넣는다. 사실은 '사람'이라는 자리에 몽땅 '친구'를 채워 넣고 싶어 한다. 불가능한 일이고 어쩌면 친구의 가치를 떨어뜨리는 태도일지도 모르겠지만. 이번에는 노래를 부르는데 커다란 골든리트리버 친구 하나가 앉았다가 누웠다가를 반복하며 내 시선이 닿는 곳에 있었다. 동물 친구가 있으면 마냥 마음이 놓인다. 가장 신기했던 건 공연 내내 심드렁하게 있던 녀석이 마지막 신청곡 〈생각나요〉를 부를 때만큼은 허리와 귀를 쫑긋 세우고 정지세로 앉아 들었던 거다. 3집 앨범에 실린 〈생각나요〉는 언젠가 방치된 강아지를 보고 친구가 쓴 시에 내가 곡을 붙인 노래다. 말은 못 해도 너, 다 알아듣고 있었구나!

사바나에서 준비해 준 와인과 예쁘게 플레이팅된 비스킷을 즐기며 살짝 붉어진 얼굴들이 노래를 따라 살랑살랑 움직였다. '두려운 술의 목록'에서 이제 와인은 빼는 게 좋겠다. 지난번 공연에서 약속한 대로 〈걷는 섬〉을 음원과 사진집으로 완성해서 들고 올 수 있었던 것도 굉장히 뿌듯했다.

작고 별것 없는 이야기들이 모르는 사이에 만나고 쌓이고 이어진다.

　누구나 저마다의 이야기를 만들고 살아간다. 공연이라는 자리가 너무 내 이야기에만 집중되는 게 아닐까 늘 고민한다. 적어도 공연장에 모인 사람들에게 각자의 이야기가 있다는 것을 믿고, 그 이야기를 소중히 여기는 마음으로 노래를 부른다. 사람 사이의 거리는 때에 따라 좁혀지기도 멀어지기도 한다. 그 사이를 두려움이 채우는 경우가 허다하지만 나는 서로의 이야기가 만나고 쌓이고 이어지는 우연을 기다린다. 대체로 실패하기에 그 작은 순간은 운명이 된다.

삶을
믿는 실험

2023년은 10년이 되는 해였다. 완전히 0의 상태에서 삶이 이끄는 대로 살아 보기로 결심한 지 10년. 삶을 실험으로 여기며 무사히, 아니 오히려 더할 나위 없이 10년을 지내 왔다. 이제부터 뭔가 달라지는 것 같다고, 인생은 10년 주기로 바뀐다고 줄곧 말하고 다녀서 그런지, 정말로 극명한 변화가 있었다.

코로나19 팬데믹이 지속되면서 '이제 일이 들어오지 않을 건가 봐'라고 자주 생각했더니 정말로 일이 들어오지 않았다. 돈 걱정에 밤잠을 설치고, 극도로 예민해져서 가까운 사람에게 공격적인 말을 하기도 하고, 앞날의 불안에 몸을 떨었다. 밤을 새워 아르바이트 자리를 찾았다. 택배를 분류

하는 일은 당장 시작할 수 있다는 점에서 위안이 되었다. 그러다 지인의 도움으로 집에서 그리 멀지 않은 호텔에 대략 일당 10만 원짜리 청소 일을 구했다. 대행업체가 바뀌는 바람에 사흘밖에 일하지 못했지만, 몸 쓰고 땀 흘리는 노동은 머리를 맑게 해주었다. 움직이면 어떻게든 된다는 자그마한 경험이 불안과 걱정에서 나를 조금 물러서게 해주었다.

생각의 방향을 완전히 틀어 보기로 했다. 가진 게 아무것도 없던 상태에서 노래를 부르고 살아 보겠다고 결심했던 때와 비교하면, 이미 나는 너무 많은 걸 가지고 있다. 그때도 걱정 없이 삶을 믿었는데 지금 못 믿을 이유가 없다. 부정적인 생각이 찾아오면 곧바로 고개를 흔들어 털어내고는 시선을 다른 쪽으로 옮겼다. 원하는 것에 집중하고 할 수 있는 작은 행동을 찾아서 몸을 움직이는 연습에 매달렸다.

그 무렵이었다. 부산에 여행 온 낯선 일본인 소라에게 점심을 함께 먹자고 메시지를 보냈다. 나비효과라고 부를 만했다. 그날의 의식적인 작은 날갯짓을 또렷하게 기억한다. 두 달 후에 나는 소라의 고향 마을에서 일본어로 라이브 공연을 했다. 꿈에 그리던 일본 데뷔라고나 할까!

그날 작은 날갯짓의 시초는 이렇다. 당시 내가 일하던 책방 피스카인드홈에 한 일본인 여성이 잠깐 들렀다. 그녀가 소라였다. 소라의 첫인상은 조금 남달랐다. 큰 키에 마른 몸으로 시종 주변을 불안한 듯 살피지만, 작은 것도 놓치지 않고 뭔가 발견하면 몸을 조금 구긴 다음 크게 한숨을 쉰다. 보통 외국인이 자기 나라말을 구사하면 일단은 미소를 장착하고 열린 태도를 보여주기 마련인데, 내가 무슨 말만 하면 소라의 미간에 계속 주름이 잡혀서 내 일본어가 이상한가 싶었다. 한 시간이 채 안 되는 짧은 만남 후 '조금 무섭다'는 느낌이 소라의 첫인상으로 남은 이유다.

그날 밤에 소라로부터 인스타그램 메시지가 도착했다. "오늘 너무 반가웠고 고마웠다", "도쿄에 올 일이 있으면 안내해 주겠다"는 다정한 인사에, 고개를 갸우뚱하고 예의를 갖춰 답장을 보냈다. 소라는 다음 날은 혼자 부산을 여행한다고 했다. 그날은 내 생일이었지만, 별다른 계획이 없었기에 나에게 '일본어 실컷 쓰기' 선물을 줘 볼까 하는 생각이 불쑥 떠올라 점심 식사를 제안했다. 빠르게 좋다는 대답이 돌아왔다. 일은 이렇게 시작됐다.

여기서 잠깐, 소라와 나의 성향이 어떻게 다른지 얘기하자면, 소라는 라인 메시지를 엄청 자주 보내는 일본인이다. 일본 사람들은 연락을 잘 하지 않는 편이라고 생각했는데 소라는 달랐다. 반면 나는 한국 사람치고는 카톡을 좀 멀리

하는 편. 그래서 처음에는 소라가 일본어로 자주 메시지를 보내오는 게 당황스러웠다. 지금은 소라의 의도치 않은 특훈 덕분에 나의 일본어 타자 속도가 빨라져 고마운 마음이다. 그 밖에도 내가 줄곧 일본 드라마만 봤던 반면, 소라는 지난 3~4년 동안 BTS 세계에 입문해 한국 드라마를 섭렵했다. 결국 두 사람의 드라마 토크는 어긋나기만 하고….

마흔세 살의 생일날 아침, 소라를 만나기 위해 부산지하철 중앙역 13번 출구 앞에 섰다. 새파란 하늘 위에 새하얀 구름이 동글동글 떠 있는 기분 좋은 날씨. 고개를 드니 커다란 건물 위 간판에 새빨간 글자가 선명하게 보인다. '된다! 된다! 잘 된다! 더 잘 된다!' 밤에는 불도 켜지는 네온사인이다. 5월의 연푸른 가로수와 하늘을 배경으로 진지한 빨간 목소리가 우렁차다. 동네 친구인 은수 언니가 운영하는 비건 식당 오붓한에서 저 놀라운 구호를 내건 회사의 회장과 직원들이 식사 모임을 한 적이 있다는 얘기를 들었다. 언니는 눈앞에서 "된다, 된다, 잘 된다"를 다 같이 외치는 모습을 보았다고!

평소엔 별난 사람들이라고 웃고 넘어갈 장면인데, 오늘은 그 말이 용감하게 느껴졌다. '나도 더 잘 되고 싶어요….' 느낌표 자리에 말줄임표 정도 넣어서 입속에 굴려 보았다.

소라는 아침부터 먼 데 있는 책방에 가서 그림책을 잔뜩 사고, 숙소에 들러 어제 산 책들까지 챙겨 와 양손이 무거웠다. 이 책들을 우편으로 일본에 보내고 싶다고 나에게 도움을 구했다. 소라는 친오빠와 함께 고서적을 매입하고 판매하는 책방을 운영하고 있다.

"나는 책을 잘 안 읽어. 그냥 사고파는 사람이지."

소라는 이런 말을 아무렇지 않게 툭 내뱉는 솔직한 사람이다. 얇고 긴 팔다리에는 무거운 책을 이리저리 나르다가 생긴 멍과 상처가 가득하다. 우체국에서 커다란 상자를 사서 책이 상하지 않게 잘 쌓아 포장하는 손길은 빠르고 정확하다. 무릎을 직각으로 들어 박스를 몸에 안고 옮기는 것까지, 프로의 움직임이다.

부산에 친구가 놀러 오면 나는 무조건 은수 언니네 식당에 데려간다. 언제나 만족도 100%의 선택이다. 점심에는 정성이 느껴지는 제철 나물밥 한 상, 저녁에는 비건 와인이나 내추럴 와인에 어울리는 뇨끼, 파스타, 채소구이 등 다양한 국적의 요리를 먹을 수 있다.

소라는 반찬 하나하나를 먹을 때마다 몸을 조금 비틀어 짧은 한숨을 쉰다. 함께하다 보니 특유의 감탄하는 표정을 해독할 수 있게 되었다. 깊은 향이 일품인 나물 반찬에 뭐가

들어갔냐고 묻길래 '고마아브라(참기름)'라고 대답하고 싶었지만, 내 입에서 나온 말은 '고미아브라(쓰레기 기름)'였다. 점 하나 차이에 이렇게 다른 뜻이 되어 버린 걸 눈치채지 못한 나에게 "방금 뭐라고 했어?"라고 소라가 화난 듯 묻자 나는 얼어붙었다. 방금 내가 한 말실수를 깨닫고 부끄러움에 얼굴이 조금 빨개졌다.

소라가 일본으로 돌아간 후에 도착한 긴 메시지에는 잊지 못할 행복한 부산 여행이라는 이야기 끝에 "쓰레기 기름을 절대 잊지 못할 것 같아"라는 츳코미(일본 개그문화에 있는 '태클 걸기' 같은 것)가 담겨 있었다.

여행자가 오면 그 여행자의 행운도 같이 와서 일상의 공간이 다르게 느껴진다. 먹고 마시고 걷고 이야기하는 모든 과정에 새로움이 자연스럽게 따라오는 것이다. 늘 걷던 길인데 '저런 게 있었어?' 하는 장소가 탄생하고(그렇다. 발견은 탄생이다!), 카페의 고양이들이 초면인데도 무릎에 앉아 새로운 사람을 환영하고, 사장님은 갑자기 서비스로 구름 같은 카푸치노를 선물한다.

어쩌다 보니 동네 맥줏집 담담에 동네 친구들이 하나둘 모였다. 약속하고 모인 것도 아닌데 갑자기 생일잔치가 되었다가, 디제이를 자청하는 누군가 덕에 클럽이 되었다가, 그렇게 새벽까지 왁자지껄 달렸다.

담담에서 나는 시트콤 속에 들어와 있는 것 같다. 커다란 테이블, 같은 자리에 가구처럼 앉은 단골들은 서로를 '담쟁이'라고 묶어 각자의 캐릭터에 맞는 '행님, 장쌤, 옥이모, 꽁, 쩜' 등 별명으로 부르며 하루의 실패담을 나눈다. 삶의 번잡함과 자신의 초라함을 유머로 비틀어 버리는 시트콤에서 요령을 좀 배워야겠다고, 진지하게 생각해 버린 마흔세 번째 생일날이었다.

한국말을 알아듣지 못하는 소라가 신경 쓰여 괜찮냐고 물었더니 한국 드라마 속에 들어와 있는 기분이라며 좋아했다. 결국 소라는 새벽 4시를 넘어 호텔로 돌아가 한 시간밖에 못 자고 일본으로 돌아갔다고.

그 후 소라가 언젠가 자기 고향 마을에 놀러 오라는 메시지를 보냈을 때, 나는 여전히 마이너스 통장 앞에서 어찌할 바를 모르고 있었다. 그러나 곧 마음을 바꾸어 먹고 일본을 신나게 돌아다니는 나를 떠올렸다.

내가 원하는 모습을 떠올리거나 상상하고 집중하는 활동은 재미 삼아 시작한 놀이 같은 것이다. 게다가 지난 오노미치 여행과 그곳에서 맺은 인연으로 행복했던 경험이 생생했기 때문에 일본 여행을 구체적으로 상상하는 데 아무 어려움이 없었다. 시간이 조금 흐르자, 미소가 절로 지어지고 무거웠던 몸이 조금 가벼워지는 것 같더니 영적 체험을 하는 것처럼 기쁨의 눈물이 쏟아졌다. 따뜻한 빛이 나를 오롯이 감싸는 느낌이었다. 오랜만의 평화였다. 불안감과 위태로움으로 흘러가던 일상에, 행복했던 여행의 추억을 떠올리는 것만으로도 빛나는 충만함이 가슴 속으로 밀려왔다.

검색해 보니 마침 부산과 후쿠오카 사이에 뱃길이 열려 저렴한 가격의 배편이 있었다. 소라에게 연락해 후쿠오카에서 만날 날짜를 조율한 뒤 일단 가는 날 배편을 예약했다. 돌아올 날짜와 방법은 생각하지 않았다.

내 상상을 훌쩍 뛰어넘는 여행의 시작, 그리고 삶을 믿는 실험. 그 두 번째 무대의 시작이다.

배웅하는
마음

지금 나는 후쿠오카로 향하는 배 안에서 휴대전화에 저장된 사진 한 장을 바라보고 있다.

동네 단골 카페 '유씨' 사장님(이제는 동네 친구)이 카페 건너편 버스 정류장까지 배웅해 주겠다며 내 손에서 캐리어를 뺏어 들고 비장하게 앞장을 서던 날이다. 마치 내가 이민이라도 떠나는 양 우리는 아쉬움을 담아 진한 포옹을 나눈다. 후쿠오카행 배를 타기 위해 부산항으로 가는 길이었을 뿐이지만. 우리의 이별 장면을 건너편 카페에서 누군가 찰칵, 비밀스럽게 셔터를 눌렀다.

국제여객선 터미널까지 버스로 30분이면 도착하는 동네에 살고 있다. 사실 걸어도 30분이 걸린다. 집이 산 위에 있기 때문이다. 차는 둘러 내려가고, 사람은 질러 내려가는 구조다. 소라의 초대로 집을 비우게 된 나는, 나무와 집이 촘촘히 늘어선 우리 동네로 서울에서 글 쓰는 친구를 초대했다. 집을 잘 떠나지 않는 친구는 큰마음 먹고 우리 집으로 여행을 왔다. 나는 일본으로 떠나며 집과 단골 가게들의 빈자리를 바통처럼 넘겨주었다. 덕분에 사진 배웅을 받았다.

여행자와 여행자의 만남과 어긋남을 좋아한다. 마중과 배웅의 기회가 생기면 놓치지 않으려 애쓰는 이유다. "안녕하고 가면, 안녕하고 온다"라는, 언젠가 산티아고 순례길로 향하는 인천공항에서 친구에게 들은 말이 떠오른다. 나는 그 말이 너무 좋아서 노래를 만들었다. 내 삶을 가득 채운 배웅하는 마음을 잊지 않기 위해 글을 쓰고 노래를 부른다.

재개발을 앞둔 대전 철도 마을 소제동의 골목을 걸은 적이 있다. 산처럼 쌓인 버려진 냉장고와 TV들. 좀처럼 보기 힘든 장면이어서 사진을 찍었지만 쓸 데는 없었다. 그러다 문득 집 마당마다 한 그루씩 자리 잡은 이 많은 감나무는 다 어디로 갈까 궁금해졌다. 비가 내렸다. 수없이 많은 다른 날들처럼. 도시의 일부가 지워지는 중이었다. 인간이 만든 수많은 다른 것들처럼 칠하고 지워지기를 반복한다. 그래도 지워지는 것들을 애틋하게 바라보며 기억을 기억하는 사람들이 언제나 한 줌쯤은 있다. 나는 그 사람들의 그 마음이 배웅하는 마음과 닮았다고 여긴다.

곧 사라질 마을을 이리저리 곱씹으며 걸었지만 무엇을 해야 할지는 잘 몰랐다. 그저 걷고 또 걸으며 사라질 것들에게 인사하는 마음으로 노래를 불렀다. 되돌아갈 수 없는 시간이라는 운명, 사랑하는 사람으로부터의 단절을 견딜 수 없어서 인류는 그 사이를 이야기로, 노래로, 춤으로 채워 오지 않았던가. 마침 누운 햇살이 따뜻했고 바닥에 툭툭 떨어진 홍시색이랑 같아서 단내를 맡으며 담장 위의 고양이처럼 느릿느릿 걸었다. 마당에 감나무를 심고 그 열매를 제사상에 올리는 게 스마트폰으로 유튜브를 보는 일만큼이나 당연하던 시절을 떠올렸다. 아직은 마당에 남아 있는, 그러나 곧 어디론가 떠날 감나무의 기억을 제멋대로 상상해서 노래를 지었다. 안녕 안녕, 그렇게라도 배웅하고 싶었다.

이 세상에서는 영원할 수 없어 우리는 마지막일지 모를 인사를 나누며 살아간다. 당신을 기억할게요. 모든 안녕에는 그런 메시지가 숨어 있다. 배웅의 순간마다 눈물샘이 찡하고 울리는 이유다.

다시 사진을 본다. 역에서, 자동차 안에서, 주차장에서, 집 앞에서, 가게 앞에서, 버스 앞에서, 열차 앞에서…. 웃는 얼굴들이 손을 흔든다. 사진에 보이지는 않지만 분명 그 눈동자에는 손을 흔드는 내가 찍혀 있다. 이런 생각을 하다 보면 내 여행이 나만의 여행은 아닌 것 같다. 내 안에 있는 얼굴들을 몽땅 데리고 가면, 거기엔 또 다른 얼굴들이 기다리고 있다. 기어코 보이지 않을 때까지, 손을 흔드는 사람을 보이지 않을 때까지 뒤돌아보는 것이 여행이다.

감나무의 노래　　이내 작곡·작사

저는 곧, 정든 이곳, 깊게 뿌리 내렸던
마당을 떠나는 감나무예요

기억해요
작은 도랑 곁, 쌓인 발걸음이 만든 꼬부랑길
키 작은 담장 위, 사뿐 걷다 잠든 고양이

꿈을 꿔요
편히 누운 오후 햇살이 홍시색 물들면
초대해요
툭툭 떨어진 달큰한 냄새로 작은 새를

안녕 안녕, 키 큰 나무의 손을 흔드는 것은
안녕 안녕, 먼 데서 다시 온 바람
안녕 안녕, 누운 햇살에 곤히 잠드는 것은
안녕 안녕, 손을 잡았던 우리의 시간

안녕 안녕, 키 큰 나무의 손을 흔드는 것은
안녕 안녕, 계절 따라 다시 온 바람
안녕 안녕, 누운 햇살에 곤히 잠드는 것은
안녕 안녕, 마주 보았던 서로의 기억

저는 곧, 정든 이곳, 깊게 뿌리 내렸던
시간을 기억하는

바다에 흐르는
기억들

여행 앞뒤로 스케줄을 몰아 두어서 떠나기 전에 분주하게 움직여야 했다. 직전 일주일은 비가 얼마나 퍼붓던지, 폭우 속에서 잠깐 걸었을 뿐인데 몸살을 살짝 앓았다. 여행 전에 체력을 키워 두겠다는 계획은 물 건너가고 오히려 두통을 데리고 배에 올랐다.

따뜻한 물을 계속 마시고 두통에 좋은 혈자리를 계속 손톱으로 눌러 준다. 할 수 있는 방법은 다 동원해 보는 것이다.

뉴카멜리아라는 이름의 커다란 배는 '바다 위의 호텔'이라고 자기소개를 했다. 식당, 목욕탕, 편의점, 노래방까지 갖추고 있어 하룻밤 지내기에 충분하다. 한 방에서 여러 명이 함께 자는 3등 칸을 예약해 두었는데 몸 상태가 걱정이었다. 선내에서 객실 업그레이드가 가능해 과감하게 추가 비용을 내고 2층 침대가 하나 있는 작은 방을 얻었다. 바다 위 여행의 낭만이고 뭐고 일단 맑은 머리로 일본에 도착하고 싶은 마음이 간절했다. 배가 출발도 하기 전에 따뜻한 이불을 뒤집어쓰고 깊은 잠에 빠져들었다.

평소에는 전혀 떠올리지 않는 기억들이 어딘가 숨어 있다가 툭 튀어나오는 것도 여행의 선물이다. 반짝이며 일렁이는 바다가 모든 기억을 품고 있다가 배 위에 오르면 이야기를 들려준다. 파도 위에서 귀를 기울이기만 하면.

최초의 기억은 엄마랑 둘이서 통통배를 타고 부산 근교 가덕도로 가는 길. 하늘도 바다도, 굽이굽이 작은 바위섬의 해안을 따라가는 모든 장면이 눈부셨다. 그중에 가장 선명한 것은 행복한 엄마 얼굴.

스무 살 어느 날에는 바다처럼 넓은 갈릴리호수에서 고기잡이배를 타고 팔이 빠져라 그물을 당긴 적도 있다. 한 마리도 잡지 못했지만, 일당은 받았다.

중국에서 돌아오는 배 안에서는 야전 침대를 겨우 얻어 잤다. 배를 오가며 장사를 하는 상인에게 받은, 밀수품을 대신 가지고 나가 달라는 부탁을 거절하며 두려움에 떨었다. 다행히 아무 일 없이 지나갔고 거절은 확실히 하는 게 좋다는 인생의 교훈을 하나 얻었다. 배 위에서는 파도에 비치는 햇살로 불멍과 물멍을 동시에 할 수 있다는 사실도 처음 깨달았다.

제주에서 부산으로 돌아오는 배 안에서 별을 보며 사랑을 속삭이던 밤. 사랑은 참 짧기도 하지.

영도와 남포동을 이어 주던 대중교통 배편이 사라진 게 얼마나 아쉬운지 모른다. 오노미치항에서 무카이시마까지 10분이면 도착하는 작은 배가 반가웠던 이유인가 보다. 지난 일본 여행에서는 이 배를 걸어서 한 번, 자전거로 두 번, 차로 한 번 탈 수 있었다.

배 위 흔들리는 침대에서 깊은 숙면을 취한 나의 몸과 마음은 여행할 수 있는 상태로 복귀되었다. 비행기나 버스와 달리 왜 모든 선박에는 고유한 이름을 붙여 주는지 이유가 궁금해져 찾아보았다. 캄캄한 미지의 바다로 보내는 배에 기도하는 마음으로 이름을 붙이는 것 같았다. 기차나 비행기가 없던 시절 먼 길을 떠날 수 있게 해주던 배에 바닷길의 안전을 기원하며 꽃이나 여신의 이름을 지어 준 것이리라. 어촌 마을의 작은 고깃배에도 언제나 손으로 직접 쓴 희망호, 코스모스 같은 이름이 있는 게 귀여워 흥미롭게 보곤 했다.

돈이 없어서 선택한 배가 고맙게도 나에게 이렇게 말해 주는 것 같았다. '너 정말 추억 부자구나!' 배 안에서 조금씩 작아지는 육지의 모습, 해가 뜨거나 지는 바다 위로 일렁이는 누운 햇살을 가만히 바라보는 순간을 좋아한다. 축축한 소금 바람에 머리카락이 날려 얼굴을 마구 때릴 때 정신을 차릴 수 없는 느낌마저도 좋아한다. 그게 배 타고 떠나는 길의 맛이니까.

상쾌해진 몸과 마음으로 일본 땅을 밟았다. 후쿠오카는 공항도 시내에서 가깝더니 항구도 가깝다. 버스로 15분 만에 하카타역에 도착했다. 도쿄에서 국내선 비행기로 출발한 소라와 만나기로 한 장소다. 내 도착시간이 두 시간쯤 이르지만, 오히려 좋다. 우선 한국에서 예약해 온 JR 패스를 교환하기 위해 하카타 기차역 창구에 들렀다. 일본은 지역마다 철도 회사가 달라서 하카타에서 남쪽 규슈 방향, 북서쪽 오사카 방향의 창구가 다르다. 작년 여행에는 그걸 몰라서 다른 곳에 줄을 한참 서서 기다렸다. 커다란 하카타역내 지도가 머릿속에 그려진 지금은 문제없다.

편의점에서 간단한 요깃거리를 골라 역 건너편 작은 공원 벤치에 앉았다. 친구를 기다리는 시간을 좋아한다. 일부러 일찍 약속 장소에 도착해 설레는 마음을 만끽하기도 한다. 잔디

와 나무와 꽃, 그리고 양복 입은 사람들이 출근 전 잠시 아침을 먹거나 차를 마시는 모습을 구경했다. '여행자라서 죄송합니다, 좋은 하루 보내시길!' 하고 혼잣말을 했다. 실은 여행하러 와서 바쁘게 사는 사람들 사이에 흐뭇하게 앉아 있는 악취미가 있다. 유명한 미술관에 가는 것보다 더 좋아한다.

소라가 저 멀리서 긴 다리로 성큼성큼 걸어왔다. "일본에서 만난 게 믿어지지 않는다"가 그녀의 첫인사였다. 소라가 계획한 하루 일정이 무시무시했다. 후쿠오카에서 소라의 친구들을 차례로 만나고 오후에 시외버스로 1시간 40분 정도 걸리는 사가현 아리타에 간다. 소라의 고향인 그곳에서는 그녀의 특별한 가족을 만난다.

웬만하면 하루에 스케줄 하나 이상 잘 만들지 않는 나와 계획의 규모가 확연히 다르다. 고작 반나절 머무른 후쿠오카에서 지하철을 네 번이나 탔다. 모든 여행의 계획이 그렇듯, 생각한 대로 흘러가지는 않았다. 전직 고교 야구부 매니저답게 소라의 일 처리는 일사천리, 게다가 변수에도 흔들림이 없다.

여행 직전까지 내리던 비가 거짓말처럼 멈췄다. 외국인 친구에게 최대한 많은 것을 경험하게 해주고 싶어 한 달 넘게 준비한 일본인 친구가 성큼성큼 앞서 걷는다.

멈추어
서게 하는

　　소라가 태어나 자란 집은 삼나무 숲이
우거진 산 입구에 있다. 산에서 이어진 하나밖에 없는 길을
따라 조금 내려오면 작은 신사가, 그 옆으로는 수백 년쯤 그
자리에 머물렀을 것 같은 커다란 나무가 든든하게 서 있고
근처에는 작은 개울물이 흐른다. 소라는 물이 살짝 고였다
흘러가는 곳을 가리키며 어릴 때 동네 친구들과 매일 같이
물장구치며 놀던 곳이라고 말했다. 신사에서 조금 더 내려오
면, 소라와 생일이 한 달 차이인 미오의 집이 나온다. 그러니
까 두 사람은 태어난 이후로 지금까지 쭉 친구로 지내고 있
다. 자기 나이만큼의 시간을 사귄 친구라니, 상상이 잘 안되
는 관계다. 쌍둥이 자매 같은 감각일까.

후쿠오카에서 디제이 겸 셰프로 일하고 있는 미오를 만나러 갔다. 미오는 8월에 서울과 부산에서 공연이 잡혀 있어 한국을 방문할 예정이었다. 아마 그래서 나에게 미오를 소개해 주고 싶었던 것 같다. 약속 장소는 얼마 전 오픈했다는 키오스코(Kiosko). 미오가 셰프로 일하는 스페인 식당 이비자르테(Ibizarte)의 세컨드 브랜드로, 타파스, 치즈, 와인 등을 간단하게 먹을 수 있는 작고 귀여운 가게다. 아침에 미오가 만들었다는 이국적인 음식들이 진열장에서 먹음직스럽게 존재감을 드러낸다.

키오스코에서는 음식을 서서 먹어야 한다. 일본에서는 이런 문화를 '타치구이(立ち食い)'라고 한다. 서서 먹는 문화가 거의 없는 한국 사람에게는 조금 낯설지만, 바에 기대어 서서 맛있는 음식과 이야기를 나누는 시간이 '여행적으로' 느껴져 기분이 좋다.

반소매 아래로 보이는 커다란 타투, 깊고 예리한 눈매와 허스키한 목소리. 아티스트 포스가 강렬한 미오는 가게에 모인 사람들과 대화를 하고 있다. 그 대화를 들으니 내가 꼭 일본 드라마 속에 들어와 있는 것 같다. 소라도 우리 동네 맥줏집에서 새벽까지 놀았을 때 이런 느낌이 들었을까.

오후에는 취재를 마치고 돌아온, 소라의 또 다른 친구

히라바라 씨를 만났다. 그녀는 작년에 부산 지역 신문사에
서 파견 기자로 근무한 경험이 있다. 그때 부산에서 한두 번
인사를 나눈 적은 있지만, 개인적으로 대화를 나누게 된 건
이번이 처음이다. 알고 보니 나와 나이도 같아서, 이제는 성
이 아닌 나오코라는 이름으로 부르기로 했다. 나오코는 한
국사를 전공했고 우리말이 유창하다. 오래 전 도자기에 그
림을 그리는 미와코 씨를 취재하러 아리타에 갔다가 그녀의
딸인 소라를 알게 되었다고 한다. 그 이후 별다른 교류가 있
지는 않았는데, 몇 년 후 BTS를 시작으로 갑자기 한국 문화
에 관심이 생긴 소라가 나오코의 한국어 실력에 감탄하면서
가까워졌다. 소라의 적극적인 성격 덕분에 함께하는 여행의
경험도, 만나게 되는 사람도 스펙터클해진다.

　　나오코에게 내가 만든 독립출판 산문집 《길과 말》을 선
물했다. 나오코는 책을 받아 들고 찬찬히 읽으며 내 글이
"타치토마루(たち止まる)"하게 한다고 말했다. 멈추어 서게 한
다는 뜻이다. 나로서는 처음 듣는 일본어 표현이었고, 무엇
보다 잊고 싶지 않은 말이었다. 내 책의 뒤표지에 있는 문장
의 일부를 나오코가 소리 내어 읽으며 소라에게 일본어로 설
명해 주었다. 이 부분이다.

　　"백지인 나의 지도 위에는 언제나 골목이 흐른다. 걸어서

만들어 가는 지도다. 혼자 걸어도 좋고, 함께 걸어도 좋다. 걷다 보면 발걸음마다 이야기가 쌓인다. 그러므로 골목에는 반드시 이야기도 함께 흐른다. 골목이라든가, 걷기라든가, 걷다가 만난 이야기는 사소하기 짝이 없다. 세상을 바꿀 만한 빠르고 강하고 거대한 이야기는 고속도로와 터널과 공항과 교각처럼 이미 너무 많이 있으니까, 나 하나쯤 계속해서 골목을 노래하는 것도 괜찮지 않을까. 걷기와 노래가 기도였던 어느 시절을 상상하며 골목을 걸으며 노래한다."

여행 첫날, 그 시작을 응원해 주었던 나오코는 내가 일본에 머무는 내내 나의 여정을 궁금해했다. 아리타에서 열린 내 공연이 궁금하다며 소라에게 사진과 영상을 부탁했고, 내가 소라와 헤어진 후에는 직접 메시지를 보내 안부를 물어 주었다. 후쿠오카로 되돌아온 여행 마지막 날에는 바쁜 시간을 쪼개 나를 만나러 와 주고, 작별의 순간을 사진으로 남겨 주었다. 그 사진과 함께 보낸 "이내는 사람들이 잊고 지내는 중요한 것을 깨닫게 해주는 희귀한 사람이야"라는 메시지를 읽고 과분해서 눈물이 났다.

계속해서 작은 이야기를 찾고, 걷고, 노래하겠다고 다짐할 수밖에 없다. 서로가 서로를 멈추어 서게 하면서.

아무것도
있는

후쿠오카 텐진에서 출발한 시외버스가 빽빽한 도시를 빠져나가 조금 쓸쓸한 변두리 지역을 지나고 나서는 한참 동안 논밭 옆을 달렸다. 소라가 나고 자란 마을 사가현 아리타에 도착할 무렵, 선명한 핑크색 하늘이 우리를 마중 나와 있었다.

"아무것도 없을 거야." 소라의 말처럼, 아리타는 조용하고 수수한 마을이었다. 아무것도 없다는 점이 가장 좋았다. 눈을 잡아끄는 고층 빌딩 같은 자의식이 강한 인공물은 눈 씻고 찾아봐도 없다. 어지러운 네온사인 간판도, 인공적으로 그어진 자동차만을 위한 길도 보이지 않는다.

소라의 어머니가 차로 마중을 나왔다. 나는 초등학생 시절부터 친구네 엄마와 수다 떨기를 즐겨 온 실력으로, 미와코 씨에게 자연스럽게 말을 걸었다. 낯을 좀 가리는 듯 미와코 씨는 말수가 적었다.

집은 주인을 닮는다. 50년 넘게 도자기에 그림 그리는 일을 해 온 미와코 씨의 공간은 온통 그림으로 가득 차 있다. 아리타는 주민의 90%가 도자기 관련 일을 하는 마을이다. 도자기를 빚는 사람, 굽는 사람, 그림 그리는 사람, 파는 사람 등 분업이 철저한 게 특징이라, 예술가보다는 직업인에 가깝다고 했다.

미와코 씨에게 그림은 일이기도 하고 취미이기도 했다. 그래서 그녀에게 그림은 일상이고 인생이었다. 천천히 조금씩 자신을 보여줄수록 나는 미와코 씨에게 스며들고 말았다. 사랑에 빠진 것이다.

우리가 하루 종일 제대로 된 밥을 먹지 못했다고 하자, 미와코 씨는 차와 함께 가지와 오이 요리, 그리고 아리타에서만 먹을 수 있다는 두부 요리 '고도후'를 내어 주었다. 치즈 같은 식감과 맛이라 비건식으로 인기가 많을 것 같았다. 하지만 유통기한이 3~4일로 짧아 일본 내에서도 이 지역 밖에서는 거의 알려지지 않은 음식이라고 한다.

음식들을 우걱우걱 맛있게 먹어 치우며 채소 중에서 가

지와 오이를 가장 좋아한다고 말했더니, 미와코 씨가 조용히 답했다. "여름 채소를 좋아하는구나." 이후 그녀의 집에 머무는 사흘 동안 식탁 위에 다양한 레시피로 조리한 가지와 오이 요리가 빠짐없이 올라왔다. 미슐랭 별을 받은 일본식 소바 요릿집에도 데려가 주었고, '온천 두부'라는 신기한 지역 특산 요리도 만들어 주었다. 소라가 한 달 전부터 내게 못 먹는 음식이 없는지, 좋아하는 음식이 무엇인지 계속 질문을 해서 솔직히 조금 귀찮았는데, 알고 보니 미와코 씨의 질문이었나 보다. 테이블 옆에 붙여 둔 포스트잇에 '이내 오는 날, 공연하는 날, 떠나는 날'이 날짜별로 쓰여 있는 걸 보고 가슴이 찡해졌다.

아리타에 머문 사흘 동안, 가장 기억에 남는 건 미와코 씨와 나눈 대화다. 거실의 원탁 테이블에 둘러앉아 우리는 밥을 먹고 차를 마시고 음악을 듣고 이야기를 나누었다. 첫날은 내가 선물로 들고 간 3집 앨범을 틀어놓고 잠들기 직전까지 반복해서 들었다. 둘째 날 밤에는 친구를 만나러 간 소라 없이 미와코 씨와 긴긴 대화를 나누며 스킵 제임스의 블루스 앨범을 무한 반복으로 들었다.

미와코 씨가 아직 40대였던 시절, 이혼 직후 삶의 팍팍함을 달래 준 게 델타 블루스였다. 책을 읽다가 미시시피 지역의 어쿠스틱 블루스 음악을 알게 되었고, 이후 중고 레코드 가게에서 일하던 큰아들을 통해 앨범을 하나씩 사 모으기 시작했다고 한다. 그 이야기에 소름이 조금 돋았다. 나 역시 런던에서 가장 외롭고 막막했던 때, 델타 블루스를 들으며 위안을 얻곤 했다. 나와 미와코 씨는 비슷한 시기에 빔 벤더스 감독의 다큐멘터리 〈더 블루스 소울 오브 맨〉을 보았고, 지금은 구하기도 힘든 스킵 제임스의 앨범을 들었던 거다.

블루스 음악을 좋아하지만 연주할 수는 없어서 아쉽다고 했더니, 미와코 씨는 미소를 지으며 언젠가 내가 꼭 블루스를 만들어 보면 좋겠다고 이야기했다. 새로운 꿈이 하나 늘었다.

사흘 후, 소라와 함께 떠난 오노미치 여행에서 우연히 작은 갤러리에 들어가게 되었다. 4대째 가위를 만들어 온 장인 가족의 작품 전시를 보다가 늘 손으로 무언가를 만드는 미와코 씨에게 꼭 어울리는 가위를 발견했다. 소라와 나는 서로 얼굴을 마주 보고 고개를 끄덕이고는 가위 하나를 사서 아리타로 소포를 보냈다. 다음 날, 그 선물을 평생 간직할 거라는 메시지가 도착했다. 소녀처럼 웃는 미와코 씨의 얼굴과 다정한 목소리가 글자에서 느껴졌다. 꽃을 자르고, 종이를 자르고, 천을 자르는 모습이 그려진다. 선물하는 기쁨이 이토록 크다는 것을 다시 경험했다.

아무것도 없을 거라던 아리타에는 수백 년째 이어져 온 도자기가 있고, 소라의 어린 시절이 있고, 나의 첫 일본 공연의 기억이 있고, 어느 밤 스킵 제임스를 함께 들었던 미와코 씨가 있다.

오랫동안
아끼는 마음

아리타에 도착해 미와코 씨의 집에서 내가 처음으로 저지른 일은 샤워하러 욕실에 들어갔다가 도자기 비누 받침을 깨뜨린 것이었다. 너무 놀라서 한동안 일시 정지 상태로 멍하니 서 있었다. 오자마자 사고를 쳤다고 고백했을 때, 미와코 씨는 웃으며 이렇게 말했다. "괜찮아요. 도자기는 원래 깨지는 물건이니까."

도자기의 일본말은 '야키모노(燒き物)', 즉 구운 물건이라는 뜻이다. 이번 여행에서 처음으로 알게 된 단어다. 내게 도자기는 멀고도 먼 세계였건만, 이번 여행에서 가장 많이 만난 단어는 단연 야키모노였다. 아리타가 '야키모노를 위한, 야키모노에 의한, 야키모노의 마을'이기 때문이다. 고가품으

로 알려져 있는 데다 일왕이 쓰는 도자기가 아리타에서 만들어질 정도니까. 반면 옆 마을 하사미의 야키모노는 젊은 층을 공략한 디자인과 저렴한 가격으로 최근 일본 내에서 인기를 얻는 중이라고, 소라가 심기 불편한 얼굴로 말했다. 역시 라이벌 이야기는 재밌다.

나는 아리타 여행에서 도자기라는 '물건' 대신, 아리타의 도자기 '이야기'를 잔뜩 들고 왔다. 알고 보니 아리타는 한국과 인연이 매우 깊었다. 임진왜란을 일으킨 도요토미 히데요시는 조선의 기술자를 노예로 잡아 올 계획을 갖고 있었다. 그때 끌려온 수백여 도공 중 한 명인 이삼평(李參平)이 아리타 지역의 바위가 도자기 원료로 적합하다는 사실을 발견했다. 일본 도자기의 시초가 된 것이다. 그로부터 400년이 넘는 시간이 흐르는 동안 아리타는 도자기 마을이 되었고, 이삼평은 아리타에서 가장 중요하고 고마운 인물로 여겨진다. 마을 사람들은 이삼평의 위패를 일왕과 나란히 모신다.

야키모노를 소중히 여기는 마음을 가르치기 위해 학교 급식을 아리타 야키모노에 담아 주었다는 소라의 이야기에 깜짝 놀랐다. 마을에서 가장 중요한 야키모노에 대한 감사와, 깨지기 쉬운 귀중한 물건을 조심스럽게 다루는 감각을 가르치는 것이 학교의 교육 방침이었다고.

만약에 나도 플라스틱 식판이 아닌 아름다운 예술품을 일상에서 매일 섬세하게 다루는 법을 배웠다면 물건에 대한 태도가 조금은 달라지지 않았을까 상상해 보았다. 야키모노에 대한 소라의 애정을 전해 듣는 것만으로도 도자기에 자꾸 눈길이 갔다.

'아무것도 없는' 아리타 마을에는 도자기(야키모노)가 있었다. 작은 기차역의 간판도 야키모노, 마을의 이야기를 설명한 표지판도 야키모노, 신사의 입구를 알리는 도리이도 야키모노다. 소라를 따라간 숲속 계곡에서도 야키모노 조각이 드문드문 보였다. 자연에서 온 것이니 자연으로 돌아가라는 뜻으로 깨진 야키모노 조각을 산에 버리는 풍습이 있다고 했다. 자연의 색 사이에서 하얗고 파란 조각이 드문드문 반찍이는 게 아름다웠다.

조선의 도공 이삼평이 시작한 아리타의 야키모노는 돌을 깨서 낸 가루를 반죽해 모양을 만들어 굽고 그 위에 그림을 그리는 방식이다. 여전히 같은 방식으로 야키모노를 만들고 있지만, 이삼평이 발견한 채석장은 몇 년 전부터 보호구역으로 지정되어 채굴이 금지되어 있었다. "산 하나가 그릇이 되었다"는 말이 있을 정도로 오랜 시간 일본의 도자기 시장과 문화를 지탱해 온 장소를 바라보았다. 채석장 앞 작은 표지

판에 적힌 설명이 요란스럽지 않아서 좋았다. 가만히 내버려
두는 것이 보호의 기본이다.

이 마을에서 가장 인상적인 것은 '못따이나이(もたいない, 아깝다)' 정신이다. 깨진 야키모노를 콘크리트 바닥 사이사이에 장식으로 사용하고, 수명이 다한 가마의 벽돌을 마을 담장으로 재사용한다. 마지막의 마지막까지 쓸모를 찾아낼 뿐아니라, 아름다움까지 놓치지 않는다. 일본 문화의 매력은무언가를 오랫동안 소중히 여기고 아끼는 마음이다. 그 마음은 나한테 부족한 부분이라 그렇게 느끼는 것 같다.

아리타의 야키모노를 기념으로 하나라도 가지고 오고 싶었다. 아리타를 떠날 때 소라에게 구입 방법을 물었더니, 자기도 사 본 적이 없어서 잘 모르겠다는 의외의 대답이 돌아왔다. 우리의 대화를 가만히 듣던 미와코 씨가 약간 흠집이있어 집으로 가져온 찻주전자를 내게 선물했다. 뚜껑에는'Blue Note'라고 쓰여 있고, 몸체에는 트럼펫을 부는 흑인음악가와 악보가 그려져 있다. 일본 전통 스타일은 아니지만, 미와코 씨의 그림이 담긴 야키모노를 데리고 올 수 있어서 날아갈 듯 기뻤다.

이 주전자에 매일 녹차를 우려 마시며 아리타를 추억한다. 아끼는 마음이 저절로 따라온다.

모두의
도움으로

"오늘은 내가 이내 매니저니까!"

일본 가정식 아침밥에 감탄하는 나에게 미와코 씨가 식사를 챙기는 건 매니저의 본분이라며 말했다. 밥과 미소시루와 정갈한 반찬들이 아리타에서 만든 야키모노에 담겨 있다. 남은 밥은 오니기리로 변신해 점심 도시락이 되었다. 오전 11시와 오후 2시, 두 차례 공연이 예정되어 있는데 중간에 도시락을 꼭 챙겨 먹으라고 당부했다.

드디어 내가 일본에서 공연하는 날이다. 어쩌다 이렇게 되었지? 일본 시골 마을로 여행을 떠나자고 마음먹었을 뿐인데. 아리타로 떠나기 한 달 전부터 소라가 자꾸 아리타에서 무얼 하고 싶냐고 물었다. 나는 계획을 세우지 않았다고 했다. 얼마 뒤 소라는 아리타에서 함께 일하는 동료에게 부산에서 노래하는 친구가 여행을 온다고 했더니, 그럼 공연을 만들어 보자는 제안을 받았다고 전해 왔다. 나는야 부르면 어디든 가는 동네 가수니까 무조건 오케이다. 그때부터 소라와 나누는 대화에는 공연 기획자와 공연자가 주고받는 내용이 더해졌다.

당장 일본어 소개말이 문제였다. 평소에 사용하는 "가깝고, 편하고, 따뜻한-목욕탕 같은 노래를 부릅니다"라는 문장을 더듬더듬 일본어로 고쳤다. 어딘가 이상해 일본 친구 미쿠니에게 도움을 요청해 자연스러운 일본어 소개말이 생겼다. 얼마 후 SNS에 일본어로 된 공연 정보가 올라왔다. 공연 주최 측이 한 달에 한 번 팝업 행사를 여는 팀이라는 정도만 이해했다. 내게는 일본어로 부를 수 있거나 관련 있는 노래를 골라 30분 정도의 공연을 준비하는 게 급선무였다. 일본어로 만든 노래 두 곡, 일본의 국민 시인 미야자와 겐지의 <비에도 지지 않고>를 번안해 만든 노래, 그리고 내가 부를 수 있는 일본 노래 커버곡을 연습했다.

가사사진집 《걷는 섬》을 좀 팔아볼까 싶어서, 부산에서 활동하는 일본인 음악가이자 비건 셰프인 나까에게 번역을 부탁했다. 책 속에 끼워 넣을 일본어 가사지와 노래 링크가 담긴 인쇄물은 디자이너 프랭코가 만들어 주었다. 기댈 수 있는 동료가 내 곁에 얼마나 많은지 새삼 깨닫는다. 혼자 끙끙 앓을 필요가 전혀 없다. 소망을 품고 그저 할 수 있는 눈앞의 일을 해 왔을 뿐인데, 일본 데뷔의 날이 왔다. 이상한 우연들과 모두의 도움으로.

우연과 도움은 바다를 건너 아리타 마을에 와서도 계속되었다. 소라가 고등학교 동창에게 기타를 빌려 두었다. 더운 여름 여행에 짐을 줄일 수 있어 얼마나 다행이었는지.

공연 당일! 소라는 행사 장소에서 하루 종일 고서적을 판매할 예정이라 일찍 집을 나섰다. 소라가 모은 헌책에 둘러싸여 좋아하는 녹차를 잔뜩 마시면서 목욕탕 같은 노래를 부르는 완벽한 조합이다.

집들이 나란한 좁은 언덕길 골목 구석에 자리한 2층짜리 일본식 목조 주택 토모스랩 실험실B가 오늘의 공연 장소다. 아리타의 마을 만들기 활동가들이 빈집을 정성껏 고쳐 1층은 팝업 행사 장소, 2층은 레지던스와 사무실로 사용 중이다. 내가 첫 공연 시간인 오전 11시에 맞춰 공연 장소까지 걸어가겠다고 했더니, 매니저를 자청한 미와코 씨가 차로 데려다 줄 거란다. 그뿐 아니라 미와코 씨는 내가 오후 공연 전에 쉴 수 있도록 근처 카페에 나를 데려가기도 했다. 첫 공연의 모니터링까지 잊지 않는 최고의 매니저 덕분에, 2회차 공연도 무사히 마칠 수 있었다.

공연이 어땠지? 정신이 없어서 사진 한 장 못 찍었지만 기억을 되살려 본다. 내 앞에 있던 사람들의 모습을 생생하게 떠올리고 싶은데 희미한 실루엣만 남아 있다. 그래도 얼굴에 가득하던 미소와 웃음소리만큼은 잊혀지지 않는다.

나는 긴장하면 헛소리를 많이 하는 편이다. 익숙하지 않은 일본어로 헛소리가 나와서 더 웃겼다. 별로 위트가 없는 편이라고 생각하는데, 이상하게 무대에서는 웃음 욕심이 생겨서 실없는 소리를 한다. 말하는 걸 좋아해서 실컷 떠들었더니 목이 쉰 상태로 노래를 부르게 되었다고 너스레를 떨며 양해를 구했다. 공연이 끝나고 한 관객이 자기가 좋아하는 가수는 공연의 3분의 2를 수다로 채우는 사람이라고 말해주었다. 롤모델이 생겼다고 대답하며 깔깔 웃었다.

가장 신기했던 것은 그저 언어만 바뀌었을 뿐 평소 내가 하는 공연과 전혀 다를 게 없었다는 사실이다. 한 번도 공연을 열어본 적 없는 장소에서 두근거리며 첫 시작을 준비하는 사람들과 만난다. 처음이라는 사실만으로 서로에게 다정하다. 모든 시도가 따뜻할 수밖에 없는 이유다. 나는 어색한 기분에 중얼중얼 헛소리를 하는데 그게 자꾸 웃음을 유발

해서 분위기가 환해진다. 실수해도 다 같이 웃는다.

갑자기 떠오른 아이디어를 실험해도 아무 문제될 게 없다. 미야자와 겐지의 시 〈비에도 지지 않고〉가 국민 시라는 사실이 떠올라 즉흥적으로 관객에게 낭독을 요청했다. 맨 앞자리에 앉은 청년 토시키 씨가 용기 있게 앞으로 나와 진지하게 시를 읊었다. 이어서 내가 한국어로 노래를 불렀다. 무대에서 우리 두 사람이 첫 콜라보를 자축하며 악수를 나누자, 모두들 크게 박수를 쳤다.

"커다란 나무 아래서 가만히 바라보네. 계절이 틀림없이 찾아오는 곳. 조용한 어둠 속에서 노래를 그려보네. 사람의 손이 시간을 조각하는 곳." 오래된 마을인 아리타에서 부르는 〈오래된 매일〉이 자연스레 공명했다. 노래에 맞춰 고개를 흔드는 모습은 바람에 흔들리는 커다란 나무 같고.

오전 공연에서 커버곡으로 준비해 간 카네코 아야노의 〈빛이 있는 쪽으로(光の方へ)〉를 불렀는데, 끝나고 토시키 씨가 오후 공연에서도 꼭 그 노래를 불러 달라고 부탁했다. 이따가 올 애인 아야코 씨가 카네코 아야노의 팬이라서 꼭 들려주고 싶다고 했다. 오후 공연에서 좋아하는 가수의 노래를 듣게 된 아야코 씨는 기쁨이 가득한 얼굴로 고맙다며 내게 녹차 레모네이드를 내밀었다. 귀 기울여 들어줘서 내가 더 고마운데 말이다.

디테일의 나라답게, 공연이 끝나고 들려주는 피드백이 구체적이고 새로웠다.

"경계 따위 잊어버리고 사람으로 만나자, 라는 가사가 좋았어요."

"첫 번째로 부른 노래, 밥 딜런 같았어요."

"자연을 사랑하는 마음이 노래에서 전해졌어요."

"노래를 듣다 보면 긴장이 풀려서 턱에 힘이 빠졌어요. 입을 헤 벌리고 들었지 뭐예요."

턱에 힘이 빠지는 모습을 일부러 보여 주는 미와코 씨의 얼굴에 함께 웃지 않을 수 없었다. 공연을 마치고 도란도란 나누는 대화 속에서 노래를 만들고 불러 온 지난 시간과 앞으로 만들어 갈 시간이 이어진다. 사람과 사람 사이 다정한 연결의 이야기를 노래에 담아 부르면 그 속에서 우리는 다시 연결을 경험한다. 서로 다른 역사와 경험을 가졌다 해도 우리는 같은 이야기에 눈물을 흘릴 수 있다. 자연의 아름다움은 아무리 반복해도 닳지 않아서 우리는 같은 꽃을 보고 환하게 웃을 수 있다. 노래를 하길, 일본어를 배우길, 여행을 하길 잘했다.

재미있는 미래를
함께

나의 일본 데뷔 공연을 주최한 토모스
야(灯す屋)는 아리타에서 마을 만들기 활동을 하는 비영리단
체(NPO)다. 우리나라보다 앞서 고령화와 인구 감소를 맞이했
던 일본에서는 최근 한국에서 중요한 과제로 떠오른 도시재
생 실험도 조금 빨리 시작되었다. 여행자들의 마을 오노미치
역시 일본에서 유명한 마을 만들기 성공 사례였다.

토모스야 대표인 사사키 씨는 대도시에서 다니던 직장을
그만두고 고향 아리타에 돌아와 새로운 일을 하기로 마음먹
었다. 그는 일을 시작하기에 앞서 오노미치에 견학을 다녀왔
다. 이후 주변에서 함께할 다섯 명을 모으고, 2018년에 법인
을 세웠다. 일본어 '토모스(灯す)'는 '불을 켜다'라는 뜻이다.

토모스야는 시에서 빈집을 지원받아 일과 생활과 창작을 공유하는 장소로 만들었고, 일 년에 한 번씩 거리를 백화점으로 만드는 축제를 기획하기도 했다.

그리고 한 달에 한 번은 빈집에서 팝업 행사를 여는데, 소라는 이 행사에 고서적 판매자로 참여하기 위해 매달 고향을 찾고 있다. 도쿄에서 아리타는 비행기로 두 시간은 날아가야 할 정도로 꽤 먼 거리인데도 흔쾌히 달려가는 이유는 소라의 유별난 고향 사랑 때문일 거다. 이제 막 사귀기 시작한, 잘 알지도 못하는 한국인 친구인 나를 아리타에 초대한 이유가 "이렇게 좋은 곳을 사람들이 몰라주는 게 아쉬워서"라고 대답할 정도니까.

아리타가 위치한 사가현은 '가장 가고 싶은 일본 국내 여행지' 설문조사에서 늘상 꼴찌를 담당한다고 했다. "아무것도 없기 때문"이라는데, 정확히 같은 이유로 나는 아리타와 사랑에 빠졌다.

내가 공연자로 참석한 행사에서는 매달 주제를 정해 하나의 브랜드를 소개하는데, 이번 달에는 갓 출시한 녹차 브랜드 차야하나오가 내 공연과 나란히 소개되었다. 그리하여 공연을 보러 온 모두가 다다미방에 녹차를 들고 둘러앉았다. 관객들은 아이부터 노인까지 다양했다. 그래서 좋았다.

　토모스야라는 이름 덕분인지 마주친 얼굴 하나하나에 모두 불이 환하게 켜졌다. 해가 달을 비추듯, 달이 바다를 비추듯, 분명 내 얼굴에도 빛이 났을 거다. 재미있는 미래를 만들어 가는 사람들을 잔뜩 만났으니까. 행사가 끝나고, 마을 뒤편 공터에서 토모스야의 사사키 씨가 아무 일 없었다는 듯이 혼자 예초기로 잡초를 정리하기 시작했다. 공연 뒷정리를 마치고 나오니 공터 한가득한 마을 사람들이 함께 풀을 베고 있었다. 재미있는 미래를 만들어가는 일은 작게 시작하고 함께 이어진다. 공연에서 나는 셋 리스트에 없었던 〈오래된 매일〉을 불렀는데, 아리타와 꼭 맞는 노래라고 생각했기 때문이다.

　예선에 전주에서 바느질 공방을 운영하는 바늘소녀에게 일본 시골 마을 이야기를 들은 적이 있다. 작은 마을의 도자기 축제에서 따뜻하고 친근한 할머니들을 잔뜩 만났다는 말에, 나도 언젠가는 일본 시골에 꼭 가 보고 싶다고 생각했다. 일본어를 전혀 하지 못하던 때의 일이다. 아리타에 머무는 동안 마침 바늘소녀와 연락이 닿아 그때 말한 시골 마을이 어디였냐고 물었다. "아리타"라는 대답을 듣고 몸이 스프링처럼 튀어 올랐다. 바늘소녀의 말처럼 아리타에는 따뜻한 사람이 많았다. 가령 신타 씨처럼.

토모스야에서 행사 실무를 담당하고 있는 신타 씨는 처음부터 끝까지 부지런히 뛰어다니며 모두를 챙겼다. 공연 전날 리허설을 하며 이런저런 이야기를 나누었는데, 진심을 다해 귀를 기울이는 모습에 나도 모르게 말을 많이 해버렸다. 신타 씨는 대화가 즐거운 사람으로 오래오래 기억에 남을 것 같다. 가슴이 뭉클하게도 그는 "경계 따위 잊어버리고 사람으로 만나자"라는 노래 가사를 외워서 내게 마지막 인사로 되돌려주었다. 그가 사람들과 함께 만들어 가는 토모스야의 내일이, 아니 매일이 궁금하고 기대된다.

눈 깜박할 사이에 아리타에서의 모든 일정이 끝났다. 내게 무슨 일들이 일어난 건지, 어떤 얼굴들을 만나버린 건지 꿈결 같다. 3박 4일이 아리타를 만나기엔 턱없이 모자란 시간이라는 것만큼은 분명하다.

한발 물러선
기다림으로

여전히 있는 자리, 여전히 있는 사람들, 거기에 새로운 사람들, 조금 자란 어린이들, 깊어지는 관계. 여기는 오노미치다. 지난번 여행에서 놀라운 인연을 가득 만들어 준 이곳에 8개월 만에 다시 찾아왔다. 이번에는 소라와 함께다. 부산에서 소라를 처음 만난 날, 내가 오노미치 이야기를 하자 소라는 깜짝 놀란 눈이 되었다. 아버지의 고향 마을이라 언젠가는 가 보려고 했다는 거다. 아리타에서 오노미치까지는 생각보다 멀지 않으니, 이참에 같이 가 보기로 했다.

특급 열차로 아리타에서 후쿠오카로 가서 신칸센을 갈아타고 후쿠야마로, 거기서 다시 일반 열차로 갈아타고 오노미치에 도착하기까지는 환승과 대기 시간을 합쳐 세 시간이 채 걸리지 않았다. 짐을 가득 챙겨 들고 기차를 여러 번 갈아타야 했지만, 자다 깨길 반복하고 음악 듣고 수다 떨고 간식 먹고 하다 보니 시간이 순식간에 흘렀다. 도착하니 완연한 여름이 우리를 기다리고 있었다.

이번 여행의 전반부가 소라의 자랑 타임이었다면, 이제는 내 차례다. 나는 성큼성큼 앞장서서 히로와 타마가 운영하는 게스트하우스 야도카리로 향했다. 그런데 상황이 조금 꼬였다. 체크인 시간보다 일찍 도착해서 히로에게 전화를 걸었더니 어디에 배 타러 나가 있다고 하고, 타마는 방학한 아이들을 돌보느라 잠시 뒤에나 시간이 난다고 했다. 소라와 나는 하는 수 없이 일단은 짐만 맡겨 두고, 타마가 소개해 준 오래된 식당에서 허기를 채웠다.

정신을 차리고 매력적인 오노미치의 상점가를 소라에게 안내하기 시작했는데, 일본 사람인 소라는 일본스러운 거리를 보고 심드렁했다. 내 기억 속 멋진 녹차 가게에서 타마네 가족과 만났는데 우리가 다 함께 앉기에는 가게가 너무 덥고 좁아서 오랜만에 만난 타마네 가족과 제대로 이야기를 할 수가 없었다. 이미 차를 주문한 소라와 나는 가게에 남고 타마네는 이따가 다시 만나기로 했다. 작고 멋진 찻집은 변한 게 없는데, 내 마음은 안절부절 자리를 못 찾고만 있다.

잠시 후 모두가 재회한 장소는 결국 야도카리의 공유 주방. 어디선가 사람들이 모여들어 모두 친구가 되었던 바로 그곳이다. 지난 여행의 기록을 담은 책과 미니 포트폴리오, 일본어 번역 가사를 첨부한 싱글 앨범 〈걷는 섬〉을 선물로 내밀었다. 다들 읽을 수 없는 한국어책을 손에 들고 고개만 갸우뚱하는 것 같다. 내 입장에서나 선물이지 받는 사람에게는 쓸데없는 무언가를 건넨 느낌에 점점 몸이 움츠러든다. 나에게 중요한 것이 모두에게 같은 무게일 리 없다는 생각에 씁쓸해진다. 그들에게는 한 번 만났을 뿐인 조금 특이한 외국인인데, 나 혼자 마음을 잔뜩 키워서 기대하고 실망해 버린 것만 같다.

두 번째 방문에는 쓴맛이 있다. 마냥 좋아 보이던 오노미치는 그사이 젠트리피케이션으로 기존 가게는 줄었고 상업적인 가게가 늘었다. 마을 만들기에 열심이던 사람들에게 피로는 늘었고, 재미는 줄었다.

만남이 깊어질수록 내부의 어둠을 발견하게 된다. 다만 나는 경험으로 알고 있다. 세 번, 네 번을 넘어가면 자연스럽게 균형이 맞춰진다는 것을. 관계 속에 숨어 있는 비밀이다. 어둠을 만났을 때 기다리지 못하고 내 감정에만 집중하면 마음이 쪼그라든다. 다른 사람의 표정과 분위기만 살피고 제멋대로 해석한다. 스텝이 자꾸 꼬여 버린다. 표정과 속마음이 자주 어긋나는 소라와 함께 여행을 하며 알게 된 사실이기도 하다.

눈에 보이지 않는 것을 잘 살피기 위해서는 한발 물러선 기다림이 필수다. 단번에 파악하고 싶은 유혹에 지지 말아야 한다.

지나가던 사람들이 공유주방에 하나둘 모여들어 이야기를 꺼내고 서로 섞는다. 지난 여행에서 스치듯 만난 후지몽, 오노미치가 좋아서 여행을 연장하고 있다는 오사카 출신 아마짱, 한국에서 거주한 경험을 십분 살려 갑자기 내가 가져간 책 소개를 도와준 슈헤이, 마침 한국어 공부를 시작한 터라 나를 반갑게 맞아 준 하루퐁…. 아무런 경계 없이 새로운 사람을 맞이하던 오노미치는 거기 그대로 있다.

지난번 오노미치에서 나를 하루 더 붙잡았던 아침밥 식당 킷챠우이의 도이가 퇴근길에 예고 없이 야도카리에 들어오며 말한다. "한국에서 이내가 왔다고 해서 왔어."

도이에게 소식을 전해 준 이는 길에서 공놀이를 하던 타마의 큰아들이었다고. 낯설거나 익숙한 얼굴들이 섞여서 다 같이 웃었다.

오노미치는 앞서 말했듯이 소라의 아버지 무라카미 쿠니오 씨의 고향이다. 우리는 아버지가 다닌 초등학교를 찾아가 보기로 했다. 구글 지도에 검색하니 걸어서 35분이라고 나와 가벼운 마음으로 길을 나섰다. 사찰과 고양이가 많기로 유명한 오노미치의 언덕을 조금 걸었다. 사찰도 고양이도 좋아하는 소라의 발걸음이 자주 멈추었다.

조금 더 걸으니 유우 씨의 집이 보인다. 친구들의 도움을 받아 천천히 개조한 집은 밖에서 봐도 근사했다. 소라는 안이 궁금했는지 한참을 기웃거리다가 "계십니까?" 하고 소리를 질러 낮잠을 자고 있던 유우 씨를 깨워서 결국 안으로 들어가는 데 성공했다. 나는 부끄러워서 쥐구멍에 숨고 싶은 심정이었다. 아리타에서 도시재생사업을 갓 시작한 토모스야의 홍보물을 유우 씨에게 꼭 전하고 싶었단다. 유우 씨는 자신의 집 고치는 이야기를 신문에 연재할 정도로 오노미치 '빈집 프로젝트'에 진심인 인물이다. 시원한 차를 얻어 마시고 홍보 사절의 역할까지 마친 소라가 활짝 웃는데, 조금 얄밉기도 하고 부럽기도 했다.

다시 쿠니오 씨의 초등학교를 찾아 떠나는 모험을 이어갔다. 말 그대로 모험이었다. 아무리 걸어도 목적지에 다다르지 않았기 때문이다. 대신 지난번에는 보지 못했던 오노미치의 다른 동네를 충분히 걸었다. 과거에 사무라이가 살던 집의 형태가 많이 남아 있다며 소라가 계속 고개를 갸우뚱한다. 소라와 함께 걸으니 새로운 정보를 알게 되어 좋았지만, 아무리 그래도 무더운 날씨에 한 시간 넘게 언덕을 오르려니 곧 죽을 것 같았다.

결국 쿠보초등학교에 도착했다. 우리는 쿠니오 씨가 60년 전 어린 시절 뛰놀던 거리를 걸으며 새로운 기억을 만들었다.

돌아오는 길에는 해 질 녘 하늘에 흠뻑 빠졌다가 조명이 켜지기 시작한 사찰 풍경을 만끽하며 걸었다. 비현실적으로 아름다워서 피곤한 것도 잊었다. 나중에 오노미치에 절이 많은 이유를 어느 카페 사장님에게 들었다. 지금은 인구가 그리 많지 않은 소도시이지만, 에도 시대에는 곡물이 모이는 항구 역할을 했기 때문에 부자들이 많이 살았다고 한다. 당시 일본에서는 돈이 많으면 조상을 모시는 사찰과 예술가를 후원하는 일이 자연스러웠단다. 지금은 특별한 산업이 없는 작은 동네일지 몰라도 역사가 깃든 절은 관광객을 부르고, 도시를 떠난 예술가들은 임대료가 싼 곳을 찾아 모여들고 있다. 사람이 들고 나는 것은 예나 지금이나 여전한 항구 마을. 오노미치의 밤은 즐겁다.

누구나 친구가 되는 라멘집 마타타비에서 저녁을 먹었다. 지난번 여행에서는 방문에 실패했던 '밤에만 여는' 헌책방 20데시벨에도 들렀다. 책방지기가 직접 쓴 에세이의 제목을 번역기로 돌려보고 너무 멋있어서 구입할 수밖에 없었다. 《책장을 넘기는 소리에 숨을 쉰다》라니! 첫 페이지에 사인을 남긴 책방지기는 능숙한 솜씨로 책을 포장했다. 레트로한 약 봉투 디자인의 책싸개마저 멋있다.

소라와 함께 보내는 오노미치의 마지막 밤은 쉽게 끝날 생각을 하지 않는다. 라멘집 영업을 마친 타카 씨가 자신의 단골 바 카루치에 우리를 데려갔다. 카루치는 붉고 푸른 조명과 스크린에 비치는 기괴한 영화와 온갖 종류의 술로 둘러싸여 시간과 장소를 잊을 만큼 독특한 분위기를 만들어내는 곳이었다. 얼마 전 이태원에 다녀왔다는 쥰찡과 오노미치를 여행 중인 아마짱과 노동 후 한 잔의 사케를 즐기는 타카 씨와 잠을 너무 적게 자는 소라와 조금은 피곤한 나. 우리는 시간이 사라진 공간에서 한동안 함께 있었다. 내일이면 소라는 도쿄로, 나는 부산으로 간다.

배운다는 건 다시 태어나는 것

이 책의 첫 글을 썼던 우리 동네 카페에서 마지막 글을 쓰고 있다. 정사각형 파란 테이블도, 갈색 인조가죽 의자도, 통창 밖으로 보이는 산복도로 풍경도 그대로다. 변함없는 장면을 가만히 바라보며 켜켜이 쌓인 시간과 이야기를 떠올려 본다.

나는 인연의 꼬리를 물고 계속되는 로컬 여행에 몸을 맡겼고, 마을과 사람을 연결하고 싶다는 꿈을 꾸었다. 이렇게 한 문장으로 정리하면 제법 거창해 보이지만, 실제로 내가 해 온 여행의 내용은 무척 단순하다. 타인을 궁금해하고 그의 이야기에 귀를 기울인다. 가볍게 초대하고 가볍게 초대에 응한다. 일단 몸을 움직여 시도해 본 후 경험을 기록해 둔다. 그게 다다.

일이 끊기고 몸이 묶었던 펜데믹 시절의 위기를 일본어 공부의 기회로 삼은 건 두고두고 자랑스러울 것 같다. 들을 준비를 갖추었더니 들려줄 이야기가 가득한 친구들이 나타나 주었다. 일본 도시재생의 대표 마을 오노미치와 맺은 인연은 다시 생각해도 신비롭다. 마을에 작은 가게를 만들고 사람과 이야기를 모으는 젊은 이주민 친구들에게서 활력과 성실을 엿볼 수 있었다. 게다가 런던에서 함께 공부한 토시를 다시 만날 줄이야! 오노미치가 담긴 다큐멘터리 〈슈퍼 로컬 히어로〉를 서울의 작은 책방에서 상영한 기억은 난롯가에서 함께 까먹은 귤처럼 따뜻한 오렌지색으로 남아 있다.

일 년 전 나의 생일날 시작된 인연, 일본인 친구 소라와의 작당에는 언제나 가속도가 붙는다. 자칭 '아리타 홍보대사'인 소라 덕분에 지역 커뮤니티에 은은한 불을 밝혀 주는 비영리단체 토모스야를 만났고, 일본에서 일본어로 공연까지 했다!

두 차례의 여행을 마친 이후로 어느덧 일 년이 흘렀다. 그 사이에 소라는 도쿄 생활을 정리하고 사랑하는 고향인 아리타로 돌아가 사랑하는 야키모노 관련 회사에 취직했다. 새 직장에서 바쁘게 지내다 이제 좀 적응이 되었는지, 다음 달에 부산에 놀러 올 거란다. 이번에는 호텔이 아닌 우리 집에 머물기로 했다. 긴 팔다리를 씩씩하게 움직이며 책방과 박물관을 돌아다니는 소라의 모습이 벌써부터 눈에 훤하다.

"부산의 친구들 모두 만나고 싶어!"

소라가 말한 친구들은 우리 동네 카페 유씨, 우리 동네 비건 식당 오붓한, 우리 동네 맥줏집 담담에 가면 있다. 눈에 불을 켜고 딴 동네로 여행을 다녔는데, 돌아와 보니 내가 사는 마을에도 사랑스럽고 자랑스러운 얼굴들이 서로를 비추며 살아가고 있었다.

최근 20년 넘은 장롱 면허를 꺼내 운전을 시작했다. 동네 친구들의 아지트인 술집 담담 앞에 주차하다가 외제 차를 긁고선 하얗게 질린 얼굴로 가게에 들어갔다.

앞뒤 차에 끼여 옴짝달싹 못 하던 나를 구해 준 건 친구 A다. 놀란 마음을 진정시켜 주고, 긁힌 차의 사진을 찍고, 차주에게 연락하는 방법을 알려 주었다. 친구 B는 견적이 천만 원쯤 나오지 않겠냐며 겁을 주었고, 친구 C는 빠르게 차종을 검색해서 평균 수리비를 조사했다. 친구 D는 하얗게 질린 내 얼굴을 보더니 "이내가 지금까지 본 것 중 가장 귀여운 표정을 하고 가게에 들어왔다"는 농담으로 기분을 풀어 주려 했고, 친구 E는 피해 차주와 만나 보험사에 신고할 때 옆에 있어 주었다. 친구 F는 우리나라 '보험' 제도의 우수성을 강조히며 전혀 마음 쓸 것 없다고 호방하세 웃으년서 나의 사고 데뷔를 축하했다. 다음 날, 악몽 꾸지 않았냐며 위로의 메시지를 보내 준 건 내 허연 얼굴을 보고 농담을 던졌던 친구 D였다.

각기 다른 기질과 경험으로 채워진, 각기 다른 사람이 곁에 있다는 게 든든했다. 앞으로는 실수를 통해 실력을 키워 나가기로 결심했더니, 두렵기만 하던 운전에 조금씩 자신감이 붙는다.

새로운 만남과 경험은 새 길을 연다. '만나고 만들다'라
는 새 앨범을 만들기로 했다. 기타와 목소리만으로 노래를
만들고 불러 온 방식에 변화를 주고 싶었다. 다른 음악가에
게 협업을 요청해 한 곡 한 곡 배우며 만들어 나가는, 언제
끝날지 모르는 장기 프로젝트를 시작했다.

응원과 후원을 받기 위해, 스스로 팬클럽도 만들었다.
'만나고 만들다'의 앞글자를 딴 만만클럽. 멤버의 애칭도 정
했다. '만'과 영어 'do'를 합친 '만두'라는 귀여운 이름이다.
60여 명이 낸 가입비 만 원씩을 모아 첫 곡 〈빗방울 편지〉를
완성해 유튜브에 공개했다. 음악뿐 아니라 사진, 영상, 일러
스트, 애니메이션 등 다채로운 작업을 '만나서 만들어' 나갈
작정이다.

지금까지와는 다른 형태의 협업을 배우기 위해 시간과
몸의 근육을 다르게 쓰는 중이다. 막상 시작하니 상호작용
은 험난하기도 하고 신선하기도 하다. 익숙하지 않은 마주
침 혹은 어긋남의 순간에 혼자 격정적인 감정에 휩싸이기도
한다.

〈지금 여기〉라는 노래를 만들어 부르고 다닐 만큼 순간
주의자이지만, 괴로운 순간을 뚝 잘라서 그 단면만 보면 다
때려치우고 싶어진다. 멀리 보았다가 가까이 보았다가 자유

자재로 시야를 오가는 조리개가 필수다. 다행히 인간은 카메라보다 훨씬 빠르고 자연스럽게 시선을 조절하는 눈을 가지고 있다.

새 앨범에 들어갈 〈너와 나〉라는 노래에는 이런 가사가 있다. "배운다는 건 다시 태어나는 것과 같대." 어디서 흘러온 문장인지 기억나지는 않는다. '만나고 만들다' 프로젝트가 새롭다고 큰소리를 쳤지만, 실은 누군가에게 무언가를 배우는 일도, 누군가를 만나서 무언가를 함께 만드는 일도 태어난 이후 줄곧 해오고 있었다. 어디선가 나에게 흘러 들어온 것, 내 안에서 시간을 보낸 것, 그래서 다시 흘러가는 것의 반복으로 내가 존재한다.

내 여행의 목적은 언제나 만남과 배움이었다. 그것은 내 삶의 목적과도 다르지 않다. 떠나든 떠나지 않든 만남과 배움이 이어진다면 여행은 끝나지 않았다.